中华文化风采录

浩瀚经典宝库

发达的诗歌

胡元斌 ◎ 编著

北方妇女儿童出版社
·长春·

版权所有　侵权必究

图书在版编目(CIP)数据

发达的诗歌 / 胡元斌编著. —长春：北方妇女儿童出版社，2017.4（2022.8重印）

（浩瀚经典宝库）

ISBN 978-7-5585-0924-7

Ⅰ.①发… Ⅱ.①胡… Ⅲ.①古典诗歌－介绍－中国　Ⅳ.①I207.22

中国版本图书馆CIP数据核字(2017)第055073号

发达的诗歌

FADA DE SHIGE

出 版 人	师晓晖
责任编辑	吴　桐
开　　本	700mm×1000mm　1/16
印　　张	6
字　　数	85千字
版　　次	2017年4月第1版
印　　次	2022年8月第3次印刷
印　　刷	永清县晔盛亚胶印有限公司
出　　版	北方妇女儿童出版社
发　　行	北方妇女儿童出版社
地　　址	长春市福祉大路5788号
电　　话	总编办：0431-81629600

定　价　36.00元

序言

习近平总书记说："提高国家文化软实力，要努力展示中华文化独特魅力。在5000多年文明发展进程中，中华民族创造了博大精深的灿烂文化，要使中华民族最基本的文化基因与当代文化相适应、与现代社会相协调，以人们喜闻乐见、具有广泛参与性的方式推广开来，把跨越时空、超越国度、富有永恒魅力、具有当代价值的文化精神弘扬起来，把继承传统优秀文化又弘扬时代精神、立足本国又面向世界的当代中国文化创新成果传播出去。"

为此，党和政府十分重视优秀的先进的文化建设，特别是随着经济的腾飞，提出了中华文化伟大复兴的号召。当然，要实现中华文化伟大复兴，首先要站在传统文化前沿，薪火相传，一脉相承，弘扬和发展5000多年来优秀的、光明的、先进的、科学的、文明的和自豪的文化，融合古今中外一切文化精华，构建具有中国特色的现代民族文化，向世界和未来展示中华民族具有独特魅力的文化风采。

中华文化就是中华民族及其祖先所创造的、为中华民族世世代代所继承发展的、具有鲜明民族特色而内涵博大精深的优良传统文化，历史十分悠久，流传非常广泛，在世界上拥有巨大的影响力，是世界上唯一绵延不绝而从没中断的古老文化，并始终充满了生机与活力。

浩浩历史长河，熊熊文明薪火，中华文化源远流长，滚滚黄河、滔滔长江是最直接的源头，这两大文化浪涛经过千百年冲刷洗礼和不断交流、融合以及沉淀，最终形成了求同存异、兼收并蓄的辉煌灿烂的中华文明。

中华文化曾是东方文化的摇篮，也是推动整个世界始终发展的动力。早在500年前，中华文化催生了欧洲文艺复兴运动和地理大发现。在200年前，中华文化推动了欧洲启蒙运动和现代思想。中国四大发明先后传到西方，对于促进西方工业社会形成和发展曾起到了重要作用。中国文化最具博大性和包容性，所以世界各国都已经掀起中国文化热。

中华文化的力量，已经深深熔铸到我们的生命力、创造力和凝聚力中，是我们民族的基因。中华民族的精神，也已深深根植于绵延数千年的优秀文

序言

化传统之中，是我们的精神家园。但是，当我们为中华文化而自豪时，也要正视其在近代衰微的历史。相对于5000年的灿烂文化来说，这仅仅是短暂的低潮，是喷薄前的力量积聚。

中国文化博大精深，是中华各族人民5000多年来创造、传承下来的物质文明和精神文明的总和，其内容包罗万象，浩若星汉，具有很强的文化纵深感，蕴含丰富的宝藏。传承和弘扬优秀民族文化传统，保护民族文化遗产，已经受到社会各界重视。这不但对中华民族复兴大业具有深远意义，而且对人类文化多样性保护也有重要贡献。

特别是我国经过伟大的改革开放，已经开始崛起与复兴。但文化是立国之根，大国崛起最终体现在文化的繁荣发展上。特别是当今我国走大国和平崛起之路的过程，必然也是我国文化实现伟大复兴的过程。随着中国文化的软实力增强，能够有力加快我们融入世界的步伐，推动我们为人类进步做出更大贡献。

为此，在有关部门和专家指导下，我们搜集、整理了大量古今资料和最新研究成果，特别编撰了本套图书。主要包括传统建筑艺术、千秋圣殿奇观、历来古景风采、古老历史遗产、昔日瑰宝工艺、绝美自然风景、丰富民俗文化、美好生活品质、国粹书画魅力、浩瀚经典宝库等，充分显示了中华民族厚重的文化底蕴和强大的民族凝聚力，具有极强的系统性、广博性和规模性。

本套图书全景展现，包罗万象；故事讲述，语言通俗；图文并茂，形象直观；古风古雅，格调温馨，具有很强的可读性、欣赏性和知识性，能够让广大读者全面触摸和感受中国文化的内涵与魅力，增强民族自尊心和文化自豪感，并能很好地继承和弘扬中国文化，创造未来中国特色的先进民族文化，引领中华民族走向伟大复兴，在未来世界的舞台上，在中华复兴的绚丽之梦里，展现出龙飞凤舞的独特魅力。

目 录

强劲滥觞——先秦时期诗歌

最早的诗歌总集《诗经》　002

楚辞的产生与辉煌成就　009

承前启后——汉代诗歌

014　汉代乐府民歌的内容和成就

020　长篇叙事诗《孔雀东南飞》

目 录

创新发展——六朝诗歌

026　陶渊明开辟田园诗新天地

031　演变中求发展的南北朝诗歌

035　风格迥异的南北朝乐府民歌

成熟繁荣——唐代诗歌

042　过渡和创新的唐代初期诗歌

047　李白铸就浪漫主义诗歌高峰

054　白居易大力推进新乐府运动

开辟新路——宋代诗歌

黄庭坚和"江西诗派"的成就　060

陆游将爱国主义诗歌推向高峰　064

成就斐然——明清诗歌

070　明代初期诗歌呈现勃勃生机

074　复古中徘徊的明代后期诗歌

080　清初遗民诗和中期诗歌理论

085　与时代同呼吸的清代后期诗歌

先秦时期诗歌

强劲滥觞

诗歌是我国最早的文学形式之一,远在远古时,我们的祖先在从事繁重的集体生产劳动时,为了协调动作和减轻疲劳,每每发出有节奏的劳动呼声,那种自然而顺畅的韵律就是诗歌的起源。

先秦时期诗歌包括原始社会歌谣、《诗经》和《楚辞》以及春秋战国时期的一些民歌。先秦时期诗歌是我国诗歌的源头,其中《诗经》是现实主义诗歌的源头,而《楚辞》是浪漫主义诗歌的源头,《诗经》和《楚辞》被称为"北风南骚"。先秦时期诗歌以其丰富的内容,完备的韵律,精巧的构思,为我国诗歌开了一个水平极高的头,是后代诗歌的滥觞。

最早的诗歌总集《诗经》

《诗经》是我国最早的一部诗歌总集，创作于西周初年至春秋中期，约在公元前6世纪中叶编订成书。

《诗经》原来的名字叫《诗》或者《诗三百》。在周代的时候，朝廷有专门采集诗歌的人，他们到全国各地采集诗歌，再汇集至朝廷，从而让朝廷知道各地方的民情风俗。

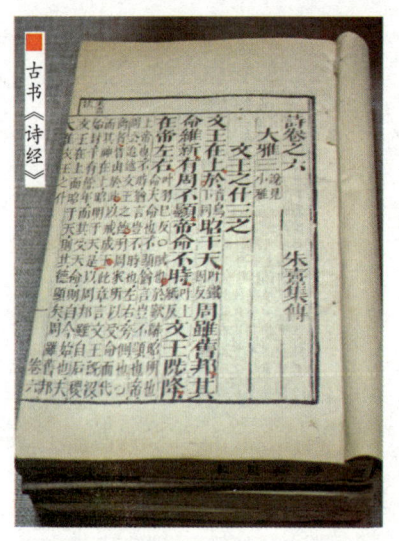

那时采集到的诗歌超过3000首，传说经过大圣人孔子的修订，只保留了305首，因此称为《诗三百》。到了汉代，儒家学者把它看做是经典，所以称作《诗经》。《诗经》与音乐的关系十分密切，《论语·子罕》记载：

吾自卫反鲁，然后乐正，《雅》《颂》各得其所。

这句话的意思是说孔子说从卫国返回到鲁国，把音乐整理得合乎礼法，于是《雅》乐和《颂》乐也就能够得到正确的演奏了。西汉史学家司马迁曾经说过："三百五篇，孔子皆弦歌之。"

《诗经》中的诗歌都是可以入乐歌唱的，它所收集的诗章就是根据音乐的不同而分作《风》《雅》《颂》三部分的。

■ 孔子圣迹之《孔子去鲁图》

"风"是带有地方色彩的音乐，《风》诗是从周南、召南、邶、鄘、卫、王、郑、齐、魏、唐、秦、陈、桧、曹、豳15个地区采集上来的土风歌谣，即《国风》。《风》共有15个地方的《国风》，共160篇，大部分是民歌。

"雅"是周王朝直辖地区的音乐，称为"正声雅乐"。按音乐的不同又分为《大雅》31篇，《小雅》74篇，共105篇。除《小雅》中有少量民歌外，大部分是贵族文人的作品。

"颂"是宗庙祭祀的舞曲歌词，内容多是歌颂祖先的功业的。《颂》诗又分为《周颂》31篇，《鲁颂》4篇，《商颂》5篇，共40篇。全部是贵族文人的作品。

儒家 又称儒学、儒家学说，或称为儒教，是以奉信孔子为先师，以"儒"为共同认可符号，各种与此相关、或声称与此相关的思想道德准则，是中华文明最广泛的信仰构成。春秋战国时期，孔子在鲁国讲学，以"诗、书、礼、乐、易、春秋"之六经为经典，奠定了儒家的最早起源。

从时间上看,《周颂》和《大雅》的大部分产生在西周初期;《大雅》的小部分和《小雅》的大部分产生在西周后期至西周东迁时;《国风》的大部分和《鲁颂》《商颂》产生于春秋时期。

《风》是整部《诗经》中的精华,它对上古时期的现实生活做了生动的描绘。有些诗歌展现了当时的社会生活和生产劳动的场景;有些诗歌反映了兵役和劳役给民众带来的痛苦;有些诗歌讽刺了一些官员腐败无耻的生活;有些诗歌则描绘了当时的爱情婚姻生活。

《豳风·七月》是《国风》中最长的一首诗歌。在这首古老的农事诗里,记录了上古先民一年四季所从事的农业劳动,全面反映了当时的农业生产情况。

《国风》中反映爱情婚姻生活的诗篇最集中,艺术成就也最高。这类诗歌或歌唱男女之间相悦相思之情,或赞誉对方的风采容颜,或描述男女幽会时的情景,或感叹弃妇的不幸遭遇。

《关雎》在《国风》中排列第一。这是一首地地道道的爱情诗,描写了一名男子在遇到一位采荇菜的女子后油然而生思慕之情,不由

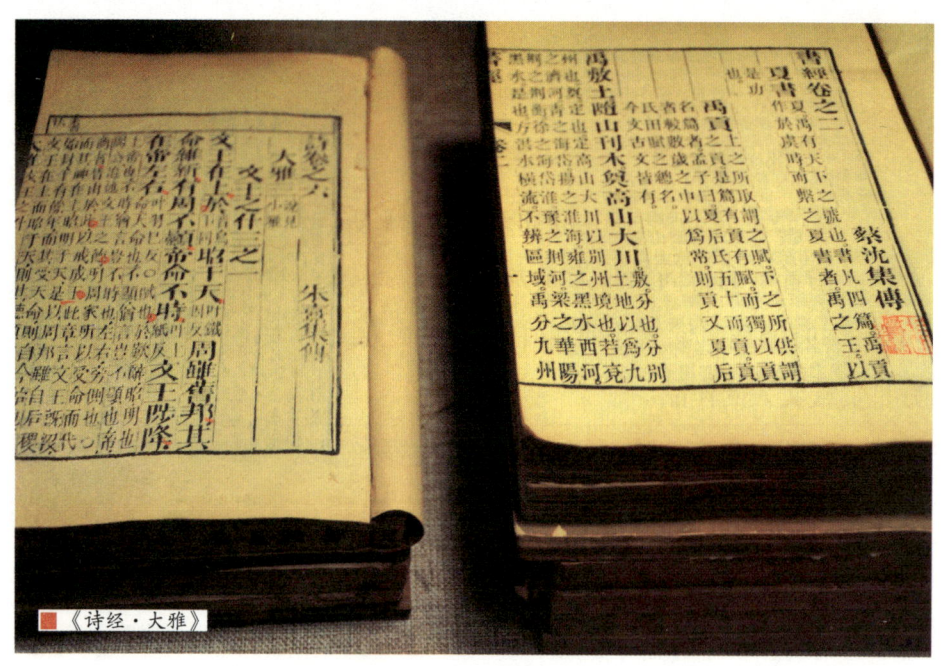

《诗经·大雅》

■ 古人耕种水稻复原图

得发出"窈窕淑女,君子好逑"的心声,并展开了对爱情的不懈追求,表达了一种争取美满婚姻的愿望。

《汉广》是一首男子求偶失望的诗。全诗皆用比喻和暗示。"南有乔木,不可休思。汉有游女,不可求思",即是比喻。乔木不可休,游女不可求,实际是比喻所求之女不可得。

《国风》中描写当政者腐败丑恶的诗篇,具有政治批评的意义。总体而言,这些诗歌反映了下层民众对当政者的不满,乃至憎恨情绪,其中《伐檀》、《硕鼠》两诗最为著名。

《伐檀》是一群伐木工人在河边砍伐木材时唱出的歌。他们辛勤干活,终日劳累,却无衣无食,而那些所谓的"君子""不稼不穑""不狩不猎",家里粮食、猎物却应有尽有。诗中伐木工人对这种不劳而获的现象进行了严正的责问和尖锐的讽刺。

《雅》中的《大雅》大多数是王室贵族和朝廷官员以及乐官等所写的歌颂周王朝的诗篇,用于诸侯朝会。《小雅》大多数诗篇出于贵族文人之手,用于贵族宴会。

■《小雅》石刻

《小雅》中的少数诗篇来源于民间，他们或写饥寒之苦，或写征夫之劳，叙事生动，描写细腻。《采薇》是一首写戍边兵士的诗。诗的末章写有"昔我往矣，杨柳依依，今我来思，雨雪霏霏"的诗句，融情于景，以乐景写哀，哀景写乐，倍增其哀乐，写出了戍卒久役将归的又悲又喜的真实情感。

《大雅》中有5篇史诗极富价值，它们是：《生民》《公刘》《绵》《皇矣》和《大明》。这些祭祀诗所涉及的历史，跨越了整个周族从产生到壮大再到立国的一个漫长时期，诗歌中有些人物和事件的发生远在有史记载之前，因此在写定这些长期流传的部族故事中，带有早期神话传说中所特有的想象成分和传奇色彩。

《颂》包括《周颂》《商颂》《鲁颂》3部分。周代初期，人们心中的神灵观念根深蒂固，祭祀是人

史诗 是一种叙述英雄传说、歌颂英雄功绩或者重大历史事件的叙事长诗，属于一种庄严的文学体裁。史诗涉及的主题主要包括英雄传说、历史事件、民族、宗教等。史诗是人类最早的精神产品，对我们了解早期人类社会具有重大意义。

们表示对神灵崇拜的重要方式,是人们生活中非常重要的一部分,祭祀礼乐由此也变得十分重要。

祭祀歌曲被人们集中收入在《诗经》"颂"中的《周颂》里。这些宗庙祭祀诗主要是歌颂祖先的文治武功,赞美他们的美德善行。

《诗经》不但思想深广博大,而且艺术成就卓越非凡,对后世文学产生了深远的影响。

《诗经》艺术风格朴实自然,《诗经》主要产生于两三千年前以黄河流域为中心的北方地区。北方人民由于自然条件较差,生活勤劳,养成了朴实浑厚的性格,他们的歌唱也就自然表现出重现实、重实际、重真情的思想特征。

《诗经》十分富于现实主义创作精神。《诗经》中超过三分之二的作品是以当时的现实生活为写作素材的,它们真实地反映了当时500多年间的社会生活状况,细腻地描绘了当时普通民众的思想活动和感情世界。

《诗经》采用了多样的艺术手法。《诗经》以古朴的四言诗为主,但并不拘泥于这种句式,而是富有变化,许多诗句常常冲破四言的定格,而杂用二言、三言、五言、六言、七

祭祀 是华夏礼典的一部分,更是儒教礼仪中最重要的部分,礼有五经,莫重于祭,是以事神致福。祭祀对象分为三类:天神、地祇、人鬼。天神称祀,地祇称祭,宗庙称享。祭祀的法则详细记载于儒教圣经《周礼》《礼记》中,并有《礼记正义》《大学衍义补》等书进行解释。

■《诗经》绘画

言乃至八言等。

　　《诗经》采用最多的艺术手法是赋、比、兴。《风》和《小雅》多用比、兴手法，《大雅》和《颂》用得较多的是赋。《采薇》就是用"赋"的手法写成的。《氓》一诗中用桑树从繁茂到凋落的变化来比喻爱情的盛衰。

　　除了采用赋、比、兴艺术手法外，《诗经》还适当地运用夸张、对偶、排比、层递、拟声等多种修辞，使作品摇曳生姿，文采斐然。

　　《诗经》句式整齐，声调和谐，具有极高的审美价值。结构常采用叠章的形式，各章词句基本相同，每章更换一两个字以表示事物发展的顺序和过程。这种分章叠咏、词句复沓的表现手法，能形成一种一唱三叹的艺术效果。

　　《诗经》的作者善于选用陈述、感叹、问答、对话、肯定、否定等多种句式，借助句式的多样变化，以恰当而完美的形式表情达意，无形中扩大了句的容量，增强了诗歌语言的表达效果。

　　《诗经》奠定了诗歌的优良传统，成为我国传统文学和艺术藏量丰富的宝库，对后世的文学和艺术创作有着非常深远的影响，启发和诱导了一代又一代文人的创作。

阅读链接

　　《诗经》的作者成分很复杂，产生的地域也很广。除了周王朝乐官制作的乐歌，公卿、列士进献的乐歌，还有许多原来流传于民间的歌谣。

　　这些民间歌谣是如何集中到朝廷来的，则有不同说法。最流行的说法有两种，一种说法是周王朝派采诗人到民间收集歌谣，以了解政治和风俗的盛衰利弊；另一种说法是：这些民歌是由各国乐师收集的。乐师是掌管音乐的官员和专家，他们以唱诗作曲为职业，收集歌谣是为了丰富他们的唱词和乐调。

楚辞的产生与辉煌成就

在春秋时期,楚国兴盛于江汉流域,其后日益强大,雄踞南方。楚民族性格活泼,爱好音乐舞蹈,民间盛行巫风,在祭祀鬼神时一定要唱巫歌,于是产生了以巫文化融合中原文化为基础的楚文化。

战国后期,以屈原为首的楚国诗人创作了一种新的诗体,这就是楚辞。楚辞"书楚语,作楚声,纪楚地,名楚物",具有十分浓厚的地方色彩。

"楚辞"之称,始见于西汉,汉成帝时,文学家刘向在前人纂辑的基础上,集录屈原、宋玉诸作及后人模拟之作为一书,统题为《楚

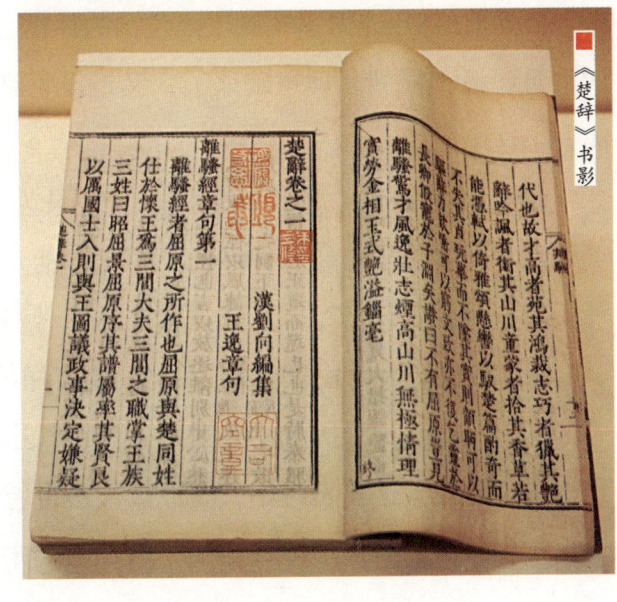

《楚辞》书影

辞》。《楚辞》主要以屈原作品为主。

楚辞是《诗经》之后古代诗歌的又一座高峰。风格独特的楚声、楚歌为楚辞的产生提供了丰富的养料，此外，南北文化的交流和融合也对楚辞的产生有着重要作用，还有，《诗经》的思想以及表现方法也对楚辞产生了一定的影响。

屈原是楚辞体产生的最重要、最伟大的创造者。屈原，约公元前340年出生于楚国的贵族之家，与楚王同姓。屈原是一个有大才的人，他才高学博，善于应对，具有远大的政治抱负。

屈原在从政初期，身居要职，受到楚怀王的高度信任，能左右国家的政策，可以施展他匡世济民的雄才大略。然而，屈原在做官的道路上并不是一帆风顺的，而是充满了波折。当他踌躇满志之时，他的政敌上官大夫等向他发难，在楚怀王面前极力诋毁他。

楚怀王是一个偏听偏信的国君，他听信谗言，开始疏远屈原，而屈原又不肯委屈自己，最后丢掉了官职。从那以后，屈原前后两次遭到放逐。第二次放逐后，屈原一直过着颠沛流离的囚徒生活，可是他依然坚持理想，不肯放弃。

公元前278年，秦国军队攻陷楚国的郢都。流放中的屈原得知亡国的消息，极其愤懑，理想破灭了，又走投无路，就自沉汨罗江，含愤离开了这个世界。

屈原的作品，《汉书·艺文志》著录为25篇，东汉时期王逸的《楚辞章句》也确定屈原作品为25篇，包括《离骚》《九歌》11篇、《天问》《九章》9篇、《远游》《卜居》《渔父》。

以《离骚》为代表的这些作品，奠定了屈原在文学上的崇高地位。《离骚》是古代最长的政治抒情诗。全诗长达373句，有2400余字。

在《离骚》这首长诗中，屈原以浪漫奇特的构思和深沉悲愤的激情，结合自己的身世遭际，塑造了一位血肉丰满的抒情主人公形象，表现了丰富深刻的思想和卓越精湛的艺术。

诗中主人公实际上就是现实中的屈原自己,因此,《离骚》一诗可以看做是屈原的自叙。

根据《离骚》的基本内容,可以将其分为前后两个部分:前半部分内容主要是回顾过去的经历,诗人从叙述家世、宗族、生辰、禀赋着手,对自己美好而崇高的人格进行了多方面的展示。

■ 屈原画像

后半部分的内容主要是诗人用幻想的方式,探索未来的道路。屈原假设了"女嬃"对自己的好心规劝,可诗人没有听从劝说,继续向楚怀王陈述他的治国之道,并希望以此挽回楚国衰败的局势。最终诗人在想象中开始了他驱使众神、上下求索的漫漫征程。

《离骚》以现实主义为基调,以浪漫主义为特色,两者完美结合。《离骚》的现实主义基调体现为诗人以极富个性化的笔触,真实而深刻地揭示了战国后期楚国政治的黑暗和社会的混浊,直率地抒发了诗人的理想和感情。

《离骚》全诗闪烁着强烈的浪漫色调,具体表现在3个方面:用比兴手法集中而夸张地描写抒情主人公的高洁;塑造一系列神灵形象,陪衬主人公;描绘瑰丽奇幻、缥缈迷离的境界。

《离骚》具备严整细密的艺术结构,长诗既有对

《汉书》 又称《前汉书》,是我国第一部纪传体断代史,《二十四史》之一。《汉书》与《史记》、《后汉书》、《三国志》并称为"前四史"。全书主要记述了上起公元前206年,下至公元23年,共230年的史事。

奇幻境界的描绘，又有对现实遭遇的叙述，既有陈述志向的议论，又有自身情怀的抒发，内容丰富，头绪繁多，但诗人写得有条不紊，紧凑严密。

《离骚》篇幅较长，句式灵活参差，多六言、七言，以"兮"字做语助词。在语言上，双声、叠韵、重言的运用，都较《诗经》有新的发展，特别是大量吸收楚地方言口语入诗，显示了新的风采。除了《离骚》外，《九章》《九歌》《天问》也都是《楚辞》中重要的诗篇。这些诗篇表达了诗人热爱楚国，怀念古都，以及至死不变的高尚节操。

屈原稍后的楚辞作家，还有宋玉、唐勒、景差等。这些作家中，宋玉最为著名。据说他是屈原的弟子，与屈原并称"屈宋"。《九辩》一诗公认是宋玉的作品，是一首政治抒情长诗，共250多句，抒写了诗人生不逢时的感慨，对政治腐败、社会黑暗也给予了揭露。

《九辩》首段描写悲秋中的哀愁，最为脍炙人口。这一段中，诗人着力描绘秋天的自然景象，渲染萧瑟凄怆的气氛，把诗人凄凉悲切的情怀有机地融为一体，创造了高远悲凉的意境，从而开启了古代文人悲秋伤怀的传统。

阅读链接

屈原是一位最受人们敬仰和崇拜的诗人。据《续齐谐记》和《隋书·地理志》记载，屈原于农历五月初五投江自尽。因为怕祭屈原之身被鱼虾所食，人们把米包在粽叶里面做成粽子投放在江里。

此后，每年的农历五月初五，人们都包粽子，并在粽子上系上五彩丝线，然后将粽子投放在江里。这种习俗后来形成了传统节日端午节。另外，为了寄托哀思，在端午节这天人们荡舟于江河之上，逐渐发展成为龙舟竞赛。

承前启后 汉代诗歌

继《诗经》《楚辞》之后产生了一种新的诗体，由于它是被称为乐府的专门机关收集编辑的可以配乐歌唱的诗歌，因此被称之为"乐府"。

汉代乐府诗歌是汉代诗歌的代表，在诗歌史上有极高的地位，与《诗经》《楚辞》可鼎足而立；另一方面它在我国诗歌史上，起着承前启后的作用。

它既继承、发扬了《诗经》的现实主义传统，也继承、发扬了《楚辞》的浪漫主义精神。

汉代乐府民歌的内容和成就

乐府原本是政府的音乐机构。早在秦代，乐府就作为政府的音乐机构名称而存在了，汉代后，沿袭秦代体制，也设有专门的音乐机构，它的主要职能是管理郊庙、朝会的乐章。

至汉武帝时，音乐机构的规模和职能都大大扩大了，这是汉武帝整顿改革礼乐的一项重要举措，目的是改革传统的郊庙音乐歌曲，用

■ 汉代乐舞木俑

■《乐舞百戏图》

新声改编雅乐。

当时乐府的具体职能，一是采集和编写歌词；二是谱写乐曲；三是训练乐工；四是演奏乐歌。

在这些职能中，最引人注目的一项职能就是"采诗"，也就是由乐府机构派专人去各地收集民歌俗曲，配乐歌唱，供统治者考察政治得失。

汉代乐府歌词的来源有三：

第一类是宫廷文人写作的，这类乐章主要用于朝廷典礼，包括《郊庙歌》《燕射歌》与《舞曲》。

第二类是从全国各地收集来的民歌，这类歌词主要在普通场合演唱，包括《相和歌》《清商曲》与《杂曲》。

第三类是来自西域的音乐，这类歌词大多是振奋士气的军乐，包括《鼓吹曲》和《横吹曲》。

其中从民间采集而来的歌词，习惯上称为"乐府民歌"。《汉书·艺文志》记载：

乐府 古代汉族的民歌音乐，最初始于秦代，到汉时沿用了秦时的名称。公元前112年，汉王朝在汉武帝时正式设立乐府，其任务是收集编纂各地民间音乐、整理改编与创作音乐、进行演唱及演奏等。汉魏六朝以乐府民歌闻名。后来，"乐府"成为一种带有音乐性的诗体名称，真实地反映了下层人民的苦难生活。

■ 汉代奏乐俑

> 自孝武立乐府而采歌谣，于是有赵、代之讴，秦、楚之风，皆感于哀乐，缘事而发，亦可以观风俗，知厚薄云。

"赵、代之讴，秦、楚之风"，可以见出当时采诗的地域很广；"感于哀乐，缘事而发"，可以知道当时采集的诗歌具有现实主义精神，是下层民众真情实感的抒发；"观风俗，知厚薄"，可以了解统治者有考察政治得失的意图。

《汉书·艺文志》列出了西汉时期所采集的138首民歌所属的地域，范围遍及全国各地。宋代郭茂倩的《乐府诗集》收录了最为完备的乐府诗歌。汉代民歌主要保存在其中的有《鼓吹曲辞》《相和歌词》《杂曲歌词》3类。

《鼓吹曲辞》即箫鼓合奏，其中的作品《铙歌十八曲》产生的时间不一，内容庞杂，有记叙战事，表扬武功，歌颂爱情等，其中收录有部分民歌，反映了人们生活的某些侧面。

《有所思》和《上邪》是表述爱情的作品，两者都塑造了泼辣大胆的村野姑娘形象，前者为心上人准备了珍贵的礼物，但"闻君有他心"，立即决定"从

鼓吹 原指汉魏时期以后流行的演奏方式，源自北方少数民族地区，主要演奏乐器为打击乐器和吹奏乐曲，如鼓、茄、箫等，所以称为"鼓吹"。以后鼓吹逐步由演出的形式转化为对乐队的称谓，再引申为宣扬、宣传等意思。

今以后,勿复相思,相思与君绝"。后者的爱情表白更是热情如火:

> 上邪,我欲与君相知,长命无绝衰。
> 山无棱,江水为竭,冬雷震震,夏雨雪,天地合,乃敢与君绝!

> **雅乐** 即"优雅的音乐",我国古代的宫廷音乐。雅乐的体系在西周初年制定,与法律和礼仪共同构成了贵族统治的内外支柱。以后一直是东亚乐舞文化的重要组成部分。

连用5个绝对不可能成为事实的假设反衬对爱情的坚贞不渝,感情炽烈、奔放、粗犷。

《相和歌词》中的"相合"指丝竹相和或人声相和的演唱方式,其辞多为汉代街陌歌谣,较为全面地反映了人们的生活和精神世界。

《相和歌词》内容丰富,其中有描叙人们悲惨苦难生活的,如《平陵东》《妇病行》《东门行》《孤儿行》等。

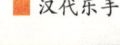
■ 汉代乐手

除描叙人们悲惨苦难生活的主题外,《相和歌词》中还满怀深情和同情地写出了人们乐观善良的美好品质,以及他们对生活的热爱和对情感的真挚追求。代表作品有《陇西行》《白头吟》《饮马长城窟行》《陌上桑》等。

此外,《相和歌词》还展现了人们对生死的朴素思考,如《长歌行》中的"少壮不努力,老大徒伤悲",充满惜时发奋之情。

■ 东汉青铜乐俑

《蒿里》中的"蒿里谁家地？聚敛魂魄无贤愚。鬼伯一何相催促？人命不得少踟蹰"。将人生短暂的感叹倾诉无遗。

《杂曲歌词》是各类曲子的集合，其歌词内容或抒怀，或游乐，或忧愁，或离别，或征战，内容既有文人所作，也有民间歌谣。代表作品有《十五从军征》《古歌》《孔雀东南飞》等。其中《孔雀东南飞》典型体现了汉代乐府民歌的艺术成就。

汉代乐府民歌是继《诗经》《楚辞》之后，我国诗歌发展史上的又一重要阶段。汉代乐府民歌的主要艺术特色是以叙事为主，"感于哀乐，缘事而发"，扩大了我国诗歌的叙事领域。

由于民歌作者对下层生活有着直接的感受和体验，因此在将之诉之于诗歌时，能够选取典型事件来概括，并将代表了本阶层的思想感情融化其中。

汉代乐府民歌大部分是叙事诗，其艺术成就又体现为高超的叙事技巧。这种技巧不仅是笼统的叙事与

叙事诗 一种诗歌体裁，它用诗的形式刻画人物，有比较完整的故事情节，通过写人叙事来抒发情感。叙事诗兼有抒情诗和小说的特点，情节完整而集中，人物性格突出而典型，有浓厚的诗意，又有简练的叙事，还有层次清晰的生活场面。

抒情相结合，而且在具体手法上表现为第一人称的叙事多取生活片断或典型场景，便于集中抒发强烈的感情。第三人称的叙述则于相对完整的故事情节中塑造出鲜明生动的人物形象。

汉代乐府民歌还善于使用多变的句式和自然的语言。汉代乐府民歌形式自由灵活，或四言，或五言，或杂言，句式上从一二以至十言不等，这些多样的句式有助于表达不同的情感和内容，表现出劳动人民无穷的创造力。

汉代乐府民歌来自民间，因此其语言朴素自然、生动活泼，既充满着真情率性，又洋溢着浓郁的生活气息。如《孤儿行》《妇病行》《上山采蘼芜》等语言率性而发，绝无文饰，更为重要的是"质而不俚，浅而能深，近而能远，天下至文，靡以过之"。

汉代乐府民歌的现实主义精神直接继承《诗经》现实主义精神，而且有所发展，对后世的诗歌创作产生了重大影响。形式上除直接孕育了东汉文人五言诗外，对后世五、七言、杂言诗体的发展也有较大影响。它的叙事技巧和语言特色对后世诗歌也有着较深的滋润作用。

阅读链接

宋代郭茂倩的《乐府诗集》将由汉代至唐代的乐府诗依音乐和时代分为12类：郊庙歌词、燕射歌词、鼓吹曲辞、横吹曲辞、相和歌词、清商曲辞、舞曲歌词、琴曲歌词、杂曲歌词、近代曲辞、杂歌谣辞、新乐府辞。

郊庙歌词用于祭祀天地；燕射歌词用于朝会宴飨；鼓吹曲辞用于朝会道路；横吹曲辞用于军旅；相和歌词是各地采集入乐的民歌；清商曲辞是江南、荆楚民歌；舞曲歌词用于配舞乐；琴曲歌词用于合琴曲；杂曲歌词没配乐或分不清乐调的歌词；近代曲辞是指隋唐时期的杂曲；杂歌谣辞指的是徒歌谣谚；新乐府辞指的是唐代人所作的不入乐的徒歌。

长篇叙事诗《孔雀东南飞》

《孔雀东南飞》是汉代乐府诗中最长的一篇叙事诗，即使在我国诗歌史上，也是罕见的长篇叙事诗。《孔雀东南飞》典型体现了汉代乐府诗歌的艺术成就，是汉代乐府艺术的典范之作。

《孔雀东南飞》在《玉台新咏》题为《古诗无名人为焦仲卿妻作》，《乐府诗集》收入《杂曲歌词》，题为《焦仲卿妻》。

《孔雀东南飞》全诗共350余句，1700余字。诗中写了一个封建社会中常见的家庭悲剧。

东汉末建安年间，男主人公焦仲卿是庐江太守府内的一个小官吏，与其妻刘兰芝是一对恩爱夫妻。刘兰芝貌美贤淑，勤于家务，可苛刻的焦母却不喜欢儿媳，婆媳关系颇为紧张。

焦仲卿夹在母亲与爱妻之间，处境尴尬。妻子向他诉苦，母亲却逼他休妻再娶。最后焦仲卿难违母命，劝说妻子暂回娘家。刘兰芝回到娘家后，她的兄长逼她再嫁，她只得以死抵抗，"举身赴清池"。

焦仲卿闻此消息，幡然醒悟，也"自挂东南枝"，夫妻俩用自己

■ 越剧《孔雀东南飞》剧照

的死来抗议封建家长的专制。最后,双双自杀的焦仲卿和刘兰芝得以合葬在一起,用他们的冤魂默默地控诉着源于封建家长制的罪恶。

在这首长篇叙事诗里,各种艺术手段都作了充分的发挥,叙事之完整、情节之曲折、性格之突出、语言之个性化,都是前所未有的。通过刘兰芝的自叙和编唱者的插叙,叙述了刘兰芝与焦仲卿两人从结婚到分手以及死后合葬的全过程。

这首诗的情节是非常曲折的。刘兰芝自愿遣归,而焦仲卿又向母亲求情。刘兰芝已经上路,而焦仲卿又誓不相负。刘兰芝虽守誓约,而又有县令、太守的相继提亲和兄长的逼婚。最后两人誓同生死,遂以悲剧告终。

《孔雀东南飞》中人物性格典型,其中刘兰芝的性格尤为鲜明。首先,她有坚强的性格。例如当她感

《玉台新咏》6世纪编成的一部古代诗歌总集。它是东周时期至南朝梁时期的诗歌总集。收诗769篇,共为10卷。内容中多收录男女感情的记述表达,以及日常生活的方方面面,刻画出古代女子丰富的感情世界,也展示出深刻的社会背景和文化内涵。

机织 以纱线做经、纬按各种织物结构形成机织物的工艺过程。通常包括把经纱做成织轴、把纬纱做成纡子或筒子的织前准备、织造和织坯整理三个部分。在科技不发达的封建时期，机织曾是许多家庭谋生的手段之一，距今已有5000多年的历史。

到自己辛辛苦苦而不负被遣时，便向丈夫焦仲卿申诉，自愿遣归：

> 十七为君妇，心中常苦悲……
> 鸡鸣入机织，夜夜不得息。
> 三日断五匹，大人故嫌迟。
> 非为织作迟，君家妇难为。
> 妾不堪驱使，徒留无所施。
> 便可白公姥，及时相遣归。

刘兰芝在被遣归的遭遇面前，如此从容，如此坚决，表现了极其坚强的性格。

当丈夫焦仲卿再一次"下马入车""低头耳语"，发誓"不相负"时，刘兰芝又说了下面的话：

> 感君区区怀！君既若见录，不久望君来。君当做磐石，妾当作蒲苇，蒲苇纫如丝，磐石无转移。

从中可以看出，刘兰芝非常重视和丈夫的深厚感情，因此在她看到了丈夫真情实意后，遂发出了这样的誓言。

当焦仲卿知道妻子刘兰芝被迫改嫁时，闻变而来，两人最后会面时，焦仲卿痛苦地说出"贺卿得高迁……吾独向黄泉"，而刘兰芝的回答是冷静而坚定

■《孔雀东南飞》年画

的:"同是被逼迫,君尔妾亦然。黄泉下相见,勿违今日言!"

刘兰芝的性格如此坚强,而待人又十分良善。她的感情既是丰富的,又是含蓄的。她向小姑告别之时,万感交集,一泻而不可收拾:

■《孔雀东南飞》雕塑

> 却与小姑别,泪落连珠子。
> 新妇初来时,小姑始扶床。
> 今日被驱遣,小姑如我长。
> 勤心事公姥,好自相扶将。
> 初七及下九,嬉戏莫相忘。

说完出门登车去,涕落百余行。这种情感是何等的深情,何等的真挚!

焦仲卿是诗中另一个重要形象,作者表现出他从软弱逐渐转变为坚强。他开始对母亲抱有幻想,当幻想被残酷的现实摧毁后,他坚决向母亲表明了以死殉情的决心,用"自挂东南枝"表示对爱情的思贞和对封建家长制的反抗。

全诗的人物描绘都是生动的。这和诗的语言个性化很有关系。不仅刘兰芝、焦仲卿两人的语言都有个性特点,连两家"阿母"的三言两语,一举一动,也都有个性特性。焦母的专横暴戾,刘兄冷酷自私、贪财慕势的性格,在诗中都刻画得栩栩如生。

《孔雀东南飞》中比兴手法和浪漫色彩的运用,

卿 有几种含义,一是指古代高级官名;二是古代对人的敬称;三是自唐代开始,君主称臣民;四是古代上级称下级、长辈称晚辈;五是古代夫妻互称。

对形象的塑造起了非常重要的作用。作者的感情与思想的倾向性通过这种艺术方法鲜明地表现了出来。

诗篇开头，"孔雀东南飞，五里一徘徊"是"兴"的手法，用以兴起刘兰芝、焦仲卿彼此顾恋之情，布置了全篇的气氛。

最后一段，在刘兰芝、焦仲卿合葬的墓地，松柏、梧桐枝枝叶叶覆盖相交，鸳鸯在其中双双日夕和鸣，通宵达旦。这既象征了刘兰芝和焦仲卿夫妇不朽，又象征了他们永恒的悲愤与控告。这是刘兰芝和焦仲卿形象的浪漫主义发展，闪现出无比灿烂的理想光辉，使全诗起了质的飞跃。

《孔雀东南飞》颇具民间说唱的形式特点。作为说唱的民间故事，既有现实的依据，又有幻想的因素，语言多夸张的成分，如"十五弹箜篌，十六诵诗书"，作为小户人家的女子，具有这样的教养，定是有所虚构和夸张。

阅读链接

《孔雀东南飞》为乐府诗集，创作时间大致是东汉献帝建安年间，作者不详，相传是当时民间为纪念"焦刘"的爱情悲剧而创作的，今天看到的版本在长期的流传过程中可能经过后人的修改。

《孔雀东南飞》最早见于南宋时期陈国徐陵编著的《玉台新咏》中，题为《焦仲卿妻》或《古诗为焦仲卿妻作》。诗前有序文："汉末建安中，庐江府小吏仲卿妻刘氏，为仲卿母所遣，自誓不嫁。其家逼之，乃投水而死。卿闻之，亦自缢于庭树。时人伤之，为诗云尔。"

宋代人郭茂倩编著《乐府诗集》时，又将其收入，题为《焦仲卿妻》。一般取此诗的首句作为篇名《孔雀东南飞》。

创新发展

六朝诗歌

魏晋南北朝时期，诗歌创作进入了以文人为主、自觉和个性化的时代，诗人之多，诗作之富，诗风之多样，诗歌在表现社会生活与人们内心世界上的开拓与深入，以及诗歌自身形式上的变化和创新，都出现前所未有的壮观局面。

魏晋南北朝诗歌是我国诗歌开端与鼎盛之间的过渡阶段，明显具有承前启后的历史地位。魏晋南北朝800余年诗坛本身也是名家迭出，名篇如潮，无论其审美价值还是诗歌史、文学史上的影响，都值得后人重视。

陶渊明开辟田园诗新天地

东晋时期，诗歌没有大的发展，士大夫崇尚玄谈清言，这使得玄言诗风笼罩诗坛，孙绰、许询是玄言诗人的代表，只有陶渊明开辟了田园诗新路，成为诗坛大家。

陶渊明画像

陶渊明，浔阳柴桑人。曾祖陶侃是东晋时期的名臣，自幼丧父，家境渐衰。陶渊明青年时代在家读书，博学儒道释经典，还阅读了不少神话、小说一类的"异书"。

29岁时因生计问题，任江州参军，不久归隐而去。后来因生计所迫，陆续做过一些地位不高的官，过着时隐时仕的生活。

405年，陶渊明41岁时再次出任彭泽县令，仅在位80余天，不愿

■ 明代谢时臣画陶渊明诗意卷之二

"为五斗米折腰"弃官，从此告别官场，过起隐居躬耕的生活。

陶渊明是整个魏晋南北朝时期最杰出的文学家，在文学的诸领域都有很高的成就，其诗歌对后代影响最大，尤其是他的代表性诗作"田园诗"更是影响深远。陶渊明一生写下了不少"田园诗"，这些"田园诗"是他人生理想的写照。

陶渊明的田园诗多写恬美静穆的田园风光，抒发自己悠然自得的心情和对田园生活的感受。

《归园田居》五首是诗人田园诗的代表作之一，组诗中"少无适俗韵"一首，抒发了诗人辞官归隐后的喜悦心情，表现了他对恬静美好的农村生活和逍遥自在的隐居生活的热切追求。

诗中写有榆柳桃李掩映下的院落、草屋，傍晚时影影绰绰的村落，袅袅升起的炊烟，桑树上的鸡鸣，造景设色虽是平凡，却展示了一幅静谧、纯朴的田园景色。

《饮酒·结庐在人境》一诗，写他"采菊东篱

玄言诗 一种以阐释老庄和佛教哲理为主要内容的诗歌。玄言诗是东晋的诗歌流派，约起于西晋之末而盛行于东晋。代表作家有孙绰、许询、庾亮、桓温等，其特点是玄理入诗，以诗为老庄哲学的说教和注解，严重脱离社会生活。

下,悠然见南山"的悠然自在的隐居生活;《移居·春秋多佳日》一诗写他农务之暇,与朋友诗酒流连的快乐;《读〈山海经〉·孟夏草木长》一诗,写他农事之余泛览图书的乐趣。

孟夏草木长,绕屋树扶疏。
众鸟欣有托,吾亦爱吾庐。
既耕亦已种,时还读我书。
穷巷隔深辙,颇回故人车。
欢言酌春酒,摘我园中蔬。
微雨从东来,好风与之俱。
泛览《周王传》,流观《山海》图。俯仰终宇宙,不乐复何如!

除了描写恬美静穆的田园风光的田园诗,陶渊明还有描写劳动艰辛以及自己的困苦和农村凋敝的田园诗,这类田园诗更具有写实性。

陶渊明田园诗在艺术上具有独特的风格,这种风格最突出的表现是:平淡、自然。陶渊明能够用朴素的语言,写出极其平常的生活情

■ 明代陈洪绶画《陶渊明故事图》

景，创造出一种独特的诗的意境。

陶渊明的田园诗语言如农家口语，但塑造出来的艺术形象却生动鲜明。宋代大词人苏轼写道：

渊明诗初视若散缓，熟读有奇趣。如曰："暧暧远人村，依依墟里烟。狗吠深巷中，鸡鸣桑树颠。"又曰："采菊东篱下，悠然见南山。"大率才高意远，则所寓得奇妙，遂能如此，如大匠运斤，无斧凿痕，不知者则疲精力，至死不悟。

明代陈洪绶画《陶渊明故事图》

陶渊明田园诗的意象非常美，诗人在意象的选择上非常精心，他多选择原始朴素的意象，而排斥文人意象。多选择具有超然、安静、稳定、能给人温暖感的美好意象。

在陶渊明生活的东晋时期，诗歌追求华美，注重修饰。可陶渊明却蹊径独辟，抒写出平淡自然、意味隽永的诗篇，如奇峰突起，开创了新的艺术境界。南宋时期的曾紘写道：

余尝评陶公诗，语造平淡而寓意深远，外若枯槁而中实敷腴，真诗人之冠冕也。

陶渊明的田园诗打破了玄言诗的沉闷统治，为诗歌的创作开辟了一个新的天地，使"田园诗"成为我国古典诗歌中一个重要的流派，对后世田园诗的发展功不可没。

除了田园诗，陶渊明的饮酒诗和咏怀诗也较有成就，陶渊明是我国文学史上第一个大量写饮酒诗的诗人。他的《饮酒》20首以"醉人"的语态或指责是非颠倒的上流社会；或揭露世俗的腐朽黑暗；或反映仕途的险恶。

陶渊明的咏怀诗以《杂诗》12首、《读〈山海经〉》13首为代表。《杂诗》12首多表现了陶渊明归隐后有志难酬的政治苦闷，抒发了自己不与世俗同流合污的高洁人格。

《读〈山海经〉》13首借吟咏《山海经》中的奇异事物表达了与《杂诗》12首同样的内容，如第十首借歌颂精卫、刑天的"猛志固常在"来抒发和表明自己济世志向永不熄灭。

阅读链接

在我国，很早就有田园描写的诗歌。如，我国第一部诗歌总集《诗经》中关于田园风光的描写，还有《楚辞》中对山水也有所描绘。

但是这些并不是真正的田园诗，它们只是作为抒情主人公活动的背景或比兴的媒介，不过这些对于田园山水风景描写的诗词，为田园诗的发展开创了先河，为其发展奠定了基础。

田园诗虽然与山水诗并称，但是它们并不是两类相同题材。田园诗重在写农村风土人情，而山水诗重在写自然山水。

我国田园诗真正起源于陶渊明，陶渊明的田园诗在我国文学史上第一次写出了农耕的甘苦和农村风景，为我国文学增添了新的题材。

演变中求发展的南北朝诗歌

晋宋交接时的南朝，诗歌发展经历了一个新的转折，那就是玄言诗逐渐退却，而山水诗大放光彩。我国的诗歌很早就有描写山水景物的句子。最早的诗歌总集《诗经》中，已有简略的自然景物描写，甚至有一些情景交融的画面。

《楚辞》中的自然山水描写，要比《诗经》具体、生动、细致，笔墨也多了一些，显示出作者较高的审美能力和较丰富的艺术想象力。东晋时期的玄言诗，山水的审美意识逐渐增强，还出现了不少描写自然山水景物的佳句。

但总的来看，那时山水景物描写的分量在全诗中还只占

《楚辞》中插画

少数，它只是诗人借以引发、陪衬、烘托、渲染诗人思想感情的片断。直至谢灵运时，诗歌中才以山水作为主要描写对象，完成了从玄言诗到山水诗的题材转变。

谢灵运，出生于会稽始宁。他出身于东晋时期最显赫的世族家庭，年轻时就袭封康乐公，世称"谢康乐"。

谢灵运虽有政治抱负，却郁郁不得志，他把很多精力寄情于山水。他每每将游历山水的经过，用诗歌记述。在他之前，山水风景的描写，仅是断章零句，谢灵运则倾注全力刻画山水胜景，使山水成为独立的审美对象，由此扭转了当时的玄言诗风，开创了文学史上的山水诗派。

吕一郎《谢灵运石室山诗》手抄本

山水诗派 唐代诗歌流派，以反映田园生活、描绘山水景物为主要内容。代表人物有盛唐的王维、孟浩然、储光羲、常建、韦应物、柳宗元等，其中以王维成就为高，他是诗人，又是画家，能以画理通之于诗，诗中有画，画中有诗，对后世影响很大。

谢灵运的山水诗雕琢细腻，刻画逼真。代表作如《登池上楼》《石壁精舍还湖中作》等诗，最能体现他诗歌的特色。《登池上楼》作于他做永嘉太守的时候。诗歌首先写出他出任永嘉太守时的复杂心情，接着描写病中举目所望时的周围景致，最后抒发他离群索居的感受。

《登池上楼》中间景致的描写，最见谢灵运写诗的功力：近处波涛声声，远方山峦绵绵，而更可喜的是，冬去春来，景色一新，于是"池塘生春草，园柳变鸣禽"的诗句信口而出。

这一联诗句最受人赞赏,它不用任何典故,不加任何雕琢,只是以本色天然的白描手法传达出盎然的春意,可以说是神来之笔。

这个时期比较有名的诗人还有颜延之、鲍照、谢惠连、谢庄、汤慧休等,其中以鲍照的诗成就最大。

鲍照,江苏涟水人。出身寒门,曾任临海刘子顼的参军,史称"鲍参军",以诗著称。

他虽然出身寒微,却自视甚高,以为凭借自己超人的才华而功名富贵唾手可得,可事实并非他想象的那么简单。

他在人生目标未实现之际,往往在他的诗中涌出感愤不平之辞。在他的代表作《拟行路难》18首中,可感受到其感情的冲动、激荡与紧张。《对案不能食》一诗,就表现了一个才高气盛、自尊心极强的诗人面对不公平的现实激愤异常,苦闷有加。

鲍照尤其擅长七言歌行,还在诗中杂以各种句式,写了不少杂言式七言歌行,对七言诗的发展有重大贡献。

南齐永明年间,周颙

典故 原指旧制、旧例,也是汉代掌管礼乐制度等史实者的官名。后来一种常见的意义是指关于历史人物、典章制度等的故事或传说。典故这个名称,由来已久。最早可追溯到汉朝,《后汉书·东平宪王苍传》中记载:"亲屈至尊,降礼下臣,每赐宴见,辄兴席改容,中宫亲拜,事过典故。"

■ 鲍照塑像

著《四声切韵》，讨论汉字的平、上、去、入4种声调。诗人沈约更将四声运用到诗歌的声律上去，要求诗歌平仄押韵、音韵和谐、对仗工整、辞采华丽，提出"四声八病"之说，形成了一种新诗体，号称"永明体"，也称"新体诗"。

"永明体"诗人最有名气的是沈约和谢朓。

沈约，吴兴武康人，历宋齐梁时期，官至尚书令。沈约一些描写山水景物的诗和友人之情的诗，辞采清丽，感情真挚。

谢朓，谢灵运的同族晚辈，人称"小谢"。他与谢灵运同以善于写山水景物见长，但他们两人的写作方法不同。谢朓更多地对自然景物作出选择、提炼并重新加以安排，显得更加完美。

谢朓的山水诗既吸收了谢灵运那种细腻，又能融情入景，从而既摆脱了谢灵运堆砌雕琢，又摆脱了玄言诗的枯燥，形成一种清新流利的风格，对后世影响很大，代表作为《晚登三山还望京邑》。

与南朝相比，北朝文化显得十分冷落，只有庾信兼南北之长，显现出大家风范。他的诗歌对仗工整，情辞兼备，初步融合了南北诗风，既有南朝时期的华丽精巧，又有北朝时期的雄浑刚健，开拓了诗歌的审美意境。

阅读链接

东晋时期，江南的农业已经有了较大的发展，士族地主的物质生活也比过去更加优裕了，越来越多的园林别墅建造起来，士族文人们在优裕的物质条件和瑰丽的江南山水中，过着清谈无为和登临山水的悠闲生活。

在这些人的诗赋中，常常出现一些赞美江南山水的名言隽语，借以发挥老庄自然哲学的思想。由于受到这种风气的影响，当时流行的玄言诗里也开始出现一些山水诗句，作为玄学名理的印证或点缀。

风格迥异的南北朝乐府民歌

南朝乐府民歌流传下来500余首。大多保存在《乐府诗集》的《清商曲辞》中，少部分保存在《杂曲歌词》《杂歌谣辞》中。其中"吴歌"300余首，"西曲"100余首。

吴歌主要产生于以东吴的都城建业为中心的江南地区，西曲主要采自长江中游及汉水两岸的政治经济军事重镇荆、郢、樊、邓一带。

南朝乐府民歌的内容与风格不同于汉代乐府的民歌。原因在于东晋长江中下游一带农业发达，城市经济繁荣，并逐渐形成市民文化。当刘宋之时，"凡百户之乡，有市之邑，歌谣舞蹈，独处成群"。

人物山水图

■ 《木兰诗》诗意图

由于生活较为安定，礼教日益松弛，民间情歌，纯真而大胆；商人、官吏与歌儿舞女杂处，以乐歌相娱，也多言男女之情。

因此，南方情歌，情景相谐，婉媚而清新。由此，爱情成为南朝乐府民歌的唯一主题。

南朝乐府民歌生动地描写了少男少女彼此间真诚的爱慕，会面时天真愉快的神情和活动，离别以后沉重而又痛苦的相思情绪，富有浪漫色彩，情调婉转缠绵，格调鲜丽明快。

南朝民歌长于以委婉细腻的笔法，描写所爱者的心理活动，其语言清新流丽，多用双关比喻，表现出来自于南方女子特有的俏巧聪慧，如《子夜歌》：

始欲识郎时，两心望如一。
理丝入残机，何悟不成匹。

同音异字如以"丝"双关"思"；同字异义如以

笔法 写字作画用笔的方法，即中国画特有的用线方法。中国书画主要都以线条表现，所用工具都是尖锋毛笔，要使书画的线条点画富有变化，必先讲究执笔，在运笔时掌握轻重、快慢、偏正、曲直等方法，这就是笔法。

布"匹"双关"匹"配,皆委婉含蓄,曲尽其妙。

南朝乐府民歌在描写爱情的时候,常常使用巧妙的比喻和夸张的手法,发挥丰富的想象,使它的思想内容表现得非常生动突出。例如《子夜歌年少当及时》篇,拿霜下草恰当地比喻了青春的易逝,使人明白应及时相爱。

又如《读曲歌》用突然掉入井里的飞鸟来比方一个刚听到对方变心的女郎骤然从欢愉转为悲愁的思想情感,刻画得非常贴切。

《华山畿》是南朝时流行在长江下游的民歌。形容女子悲痛落泪时,把泪水夸张得如同江水一般,它可以使身子沉没,不但表现了丰富的想象力,而且很好地表现了女子对于爱情的热烈态度。

南朝诗歌的形式,以五言四句为主,约占总数的三分之二。其余的四言及杂言体诗,篇幅也很短小。短小的篇幅对形成明快的诗风,具有关键的意义。南朝民歌中占主导的五言四句的格式,对五言绝句的形成,也起了极大的作用。

如《西洲曲》是南朝乐府民歌中一首最长的五言抒情诗,在《乐府诗集》中属《杂曲歌词》。全诗32句,4句一节。

诗写一个女子对情人的思念,心理描写细腻,情思缠绵,并与自然景色相交融,写景秀丽。语言清新明丽,采用"钩句"连接上下,一意贯通而又摇曳多姿。换韵造成回环婉转的效果。从内容到形式都堪称上乘。

北朝乐府民歌除了歌咏男女爱情的篇章以外,还有一些反映

《华山》诗意图

民间疾苦、战乱苦难、边塞风光和歌颂英雄的诗篇。北朝乐府民歌存有60多首，多保存在《乐府诗集·梁鼓角横吹曲》中，另有少量保存在《杂曲歌词》和《杂歌谣辞》中。

自然条件培养了北方人粗犷豪迈、坚忍顽强的性格，少数民族的游牧生活也养成了粗豪强悍的气质。自然北朝乐府民歌也带有粗犷豪放、刚健激越、金戈铁马之气。

北朝乐府民歌要比南朝乐府民歌表现内容丰富，有表现北国风光的，如《敕勒歌》全诗仅27字，却展现了北方大草原广阔无垠、混沌苍茫的景象，并反映了北方民族的生活面貌和精神面貌。

《企喻歌》反映了北方民族的游牧生活和尚武精神，同时，也反映出战争及其战争给人们带来的多种苦难。《地驱歌乐辞》反映了热烈奔放的爱情婚姻。

由于北方少数民族的社会组织、人文风俗原始朴野，不受礼教束

缚，其诗歌抒情真率直爽，语言质朴有力，格调苍劲豪迈，显示出北方民族独有的特色。叙事长诗《木兰诗》是北朝乐府民歌中的奇葩，是北朝民歌的代表作。

唧唧复唧唧，木兰当户织。不闻机杼声，惟闻女叹息。
问女何所思，问女何所忆。女亦无所思，女亦无所忆。
昨夜见军帖，可汗大点兵。军书十二卷，卷卷有爷名。
阿爷无大儿，木兰无长兄。愿为市鞍马，从此替爷征。
……

这首诗写木兰女扮男装、替父从军、身经百战、功成身退的生动故事。诗人以乐观的态度和赞叹的笔调写出木兰的慷慨从戎，为国效力以及功成不受封的事迹，而且以活泼、幽默的语言写出木兰为父亲

《木兰诗》插图

分忧，重着女装的喜悦以及面对战友时的调皮，从而创造出一位天真妩媚、勇敢高尚的丰满的女性形象。

诗人将木兰的形象塑造得十分美好，她集勤劳、孝顺、机智、勇敢、淡泊于一身，成为后代人心目中女英雄的典范。

《木兰诗》篇幅虽然较长，但却又繁简得当，语言流畅明快，顶真修辞运用巧妙，比喻恰切生动，铺排有致，而且善于用对话表现人物性格，风格刚健清新。

北朝乐府民歌艺术上的最大特点是直抒胸臆，气盛词质，快人快语。其于四、五、七言和杂言的灵活运用，就能看出北方民族不受形式约束的自由创造精神。

南北朝乐府民歌对后世产生了重大影响，它继承了汉代乐府民歌的现实主义精神，这一点北朝民歌有突出的表现。另外，在诗的体裁方面，南北朝民歌开辟了一条抒情小诗的新道路，这就是五、七言绝句体。五言四句的小诗，汉代民歌中虽已出现，但数量极少，但在南北朝民歌中却大量出现。

汉代民歌中杂言体虽很多，且有不少优秀作品，但篇幅都较小，像《木兰诗》这样长达300多字的巨制，还是前所未有的。这对唐代七言歌行的发展也起了示范性的推动作用。

阅读链接

唐代大诗人杜甫《草堂》诗写道："旧犬喜我归，低徊入衣裾；邻舍喜我归，酤酒携胡芦；大官喜我来，遣骑问所须；城郭闻我来，宾客隘村墟。"一连用4个"喜"字造成排句，气势极大，实际上，这4句是从北朝叙事诗《木兰诗》"爷娘闻女来"等句脱化而来的。

唐代以后，诗人们由于处境的险恶，往往利用双关语写作政治讽刺诗，来曲折地表达他们那种难以明言的爱国深衷，这一发展显然是基于南朝时期民歌的。

成熟繁荣 唐代诗歌

　　唐代是我国古典诗歌的黄金时代，代表了古代文学的最高成就。唐代诗歌不仅数量超出以前各代诗歌总和的两三倍以上，而且质量极高，题材也极为丰富，诗体大备，名家辈出。

　　唐诗成就卓著，是在唐代政治、经济进一步发展、变革的历史条件下，在社会思想比较开放，艺术文化普遍高涨的推动下，诗人们继承和发扬《诗经》《楚辞》以来的优良传统，广泛总结前人的创作经验，百花齐放、推陈出新的结果。显示出我国古典诗歌已发展到完全成熟的阶段。

　　唐诗的发展大致经历了初唐、盛唐、中唐、晚唐等4个阶段。

过渡和创新的唐代初期诗歌

南朝时期,诗人们普遍关注声律,他们对声律的研究非常繁盛。南朝齐武帝永明时期的周颙首先发明汉字的平、上、去、入4种声调;沈约撰有《四声谱》,把对四声的讲究从文字学直接引向诗歌创作,提出了"四声八病"说。

沈约等人创作的诗歌是一种新的诗体,被称为"永明体"。至梁代,许多诗人对于声律的讲究越来越细密,他们的诗歌讲究对仗、押韵、平仄。

唐代初期指618年至713年,这一时期,南朝诗歌的对仗、押韵得到了初唐诗人的认同,对仗、押韵由此在诗中得到应用并获得发展。初唐时期,诗人上官仪、沈佺期、宋之问、"初唐四杰"、陈子昂的成就较大,代表了初唐诗歌的最高峰。

上官仪,唐高宗时供职门下省,曾受到唐高宗和皇后武则天的赏识。上官仪是太宗朝后期重要的宫廷诗人,高宗朝时成为诗坛盟主。上官仪的诗多吟咏风月,粉饰太平。

■ 唐诗写意画

上官仪的诗物象美丽，音律优雅，自有一种精致的美感，被称为"上官体"，仿效的人很多。上官仪还将六朝时期以来诗歌艺术中的对仗手法总结为"六对""八对"等法式，对词与词、句与句之间的对偶进行了较为全面的概括，对律诗的定型起到了一定的促进作用。

在上官仪之后，中宗时代的宫廷诗人沈佺期、宋之问也取得了相当的成就。沈佺期和宋之问的成就主要表现在律诗的创作上，他们总结了前人有关声律的理论及实践经验，最终完成了律诗形式上的定制。

沈佺期、宋之问的诗作音韵更加严整，而且合乎粘附规则，不仅如此，他们的律诗创作一定程度上还体现了自己的创作个性，摆脱了早期宫体诗空洞堆砌藻饰的弊病，为律诗注入了情感内涵。

初唐诗人中最著名的是"初唐四杰"：王勃、杨炯、卢照邻、骆宾王。他们才情洋溢且地位不高，他们把唐诗从描写宫廷生活的狭窄内容中解放出来，抒

宫体诗 宫体既指一种描写宫廷生活的诗体，又指在宫廷所形成的一种诗风，始于简文帝萧纲。萧纲为太子时，常与文人墨客在东宫相互唱和。其内容多是宫廷生活及男女私情，形式上则追求辞藻靡丽，时称"宫体"，这类诗就被称为"宫体诗"。

> **五绝** 即五言绝句，是绝句的一种，属于近体诗范畴。绝句由四句组成，有严格的格律要求。常见的绝句有五言绝句、七言绝句，而六言绝句较为少见。五言绝句就是五言四句而又合乎律诗规范的小诗，简称"五绝"。

写悲欢离合的人生感慨和建功立业的豪情。

王勃，他幼年聪慧，据说6岁就能做得一手好文章，15岁上书指陈朝政。王勃的诗，以五律、五绝见长，题材多是抒情和赠答。五律《送杜少府之任蜀州》一诗，用朴素的语言直抒胸臆，洋溢着积极向上的乐观精神。

海内存知己，天涯若比邻。

超越了以往送别诗中浓郁的悲情，表现出志在四方的豪气。五绝《山中》诗中"况属高风晚，山山黄叶飞"，用秋风黄叶烘托思归之情，意境浑融。七言歌行《滕王阁诗》在开阔高远的境界中融入思古幽情，感慨今昔。

杨炯，少时聪慧，10岁不到就参加了童子试，被誉为神童。他的诗歌中两个主题比较突出，一是山水行游；二是边塞从军。其中，边塞诗写得雄浑壮丽，纵横奔放。

杨炯的名篇《从军行》中的"宁为百夫长，胜作一书生"，豪情壮志，溢于言表，开了盛唐诗人向往边塞生活的先河。杨炯的五律写得很好，现存14首五律，全部都符合近体诗的格律。

卢照邻，一生坎坷，贫病交加，著有《幽忧子集》10卷。他的诗有96首，以七言歌行见长。诗歌内容多是萧疏清冷的愁苦之

■ 王勃雕塑

唐代长安街景

音,对社会的黑暗做了一定的揭露。

卢照邻的代表作《长安古意》,用赋的手法,通过一个个侧面的展示,描绘了一幅规模宏大的都市风光图。诗人在描写时用了极为华丽的辞藻,浓墨重彩,十分生动,但在结尾处,笔锋一转,指出这一切现世繁华都是不可长久的。

骆宾王,擅长七言歌行。代表作《帝京篇》从长安的壮观和豪华写起,转而抒发人世兴废的感叹,从中体悟人生哲理,最后抨击世态炎凉、贤者不遇的现实。

骆宾王最著名的诗歌是他的五言律诗《在狱咏蝉》,他在诗中结合自己的身世遭遇,以高洁的蝉自喻,托物见志,慨叹朝廷视听不察,无人为自己昭雪冤屈,孤傲之气淋漓尽致地呈现。

"初唐四杰"的诗作,开始把诗歌从宫廷带入市井,突破了宫体诗的固有范畴,扩大了诗歌题材,诗里表现了积极进取的精神和郁勃不平的愤慨。

在"初唐四杰"之后,还有一位著名的诗人不能不提,那就是陈子昂。陈子昂,684年进士及第,担任过右拾遗等官职。

陈子昂是一位诗坛的革新者。他反对六朝时期华靡虚弱的文风,提倡诗歌应恢复汉魏风骨和风雅兴寄,"风骨"的意思就是诗歌要有健康充沛的思想感情、刚健质朴的风格。"兴寄"就是要求诗歌有感而发,寄托讽喻,直陈时弊,这个建议为诗歌的发展指明了方向。

陈子昂的诗歌创作即是他诗歌革新理论的成果,代表作是《感遇》诗38首。这组诗歌的内容或借古讽今,或托物寄情,或讽刺现实,或感叹人生,风格激昂悲壮、质朴刚健,如《感遇·本为贵公子》把进取之情表现得十分昂扬,这里不再采用比兴手法,而是直抒胸臆。

组诗《蓟丘览古增卢居士藏用》也是陈子昂的代表作,在这组诗中,诗人慷慨怀古,把个人不遇的感慨展放于宏阔的历史背景中,风格深沉悲壮。《登幽州台歌》是他著名的一首短诗,诗写道:

前不见古人,后不见来者。
念天地之悠悠,独怆然而涕下。

抒发了他失意时的孤寂情怀,虽牢骚满腹,一腔愤慨,表达的却是开创者的高蹈胸怀,显得悲壮而不消极。

阅读链接

骆宾王22岁那年第一次入京应试。考试前,很多考生千方百计请托、通关节,竭力钻营,在正式考试之前的场外活动十分激烈。

骆宾王自恃学识精博,加上出身低下,没有关系和门路从事这种院外的竞争,因此在那些考生大肆进行舞弊勾当的同时,他却悠闲自得地饱览京、洛名胜。考试的结果是骆宾王名落孙山。这给了骆宾王一个沉重的打击,使他对科举考试有了一个新的认识。

李白铸就浪漫主义诗歌高峰

李白,4岁时,随父亲迁居四川剑南道绵州昌隆的青莲乡,因此自号青莲居士。

据说,李白的父亲可能是位较为成功的商人,因此,家境颇为富裕。据说李白周岁抓周时,抓了一本《诗经》。他父亲很高兴,认为儿子长大后可能成为有名的诗人,就想为李白取一个好名字,以免后人笑自己没有学问。

由于他对儿子起名慎重,越慎重就越想不出来。直至儿子7岁,还没想好合适的名字。

那年春天,李白的父亲对妻儿说:"我想写一首春日绝句,只写两句,你母子一人给我添一句,

李白画像

■ 李白饮酒赋诗图

凑合凑合。一句是'春风送暖百花开',一句是'迎春绽金它先来'。"

母亲想了好一阵子,说:"火烧杏林红霞落。"

李白等母亲说罢,不假思索地向院中盛开的李树一指,脱口说道:"李花怒放一树白。"

父亲一听,拍手叫好,果然儿子有诗才。他越念心里越喜欢,念着念着,忽然心想这句诗的开头一字不正是自家的姓吗?这最后一个白字用得真好,正说出一树李花圣洁如雪。于是,李白的名字便得来了。

李白的青少年时期在四川度过,他自幼涉猎的学问很广泛,爱好也多种多样。他既攻读儒学,练习剑术,又学习神仙方术,交接道士。

24岁时,李白"仗剑去国,辞亲远游",他沿江而下,漫游了湖北、河南、山东、安徽、江苏、浙江等地,走了大半个中国,却未受到朝廷的重视,不得不扫兴而回。

42岁时,经道士吴筠的推荐,唐玄宗下诏召李白去长安,任命他做供奉翰林。李白欣喜若狂,以为发挥政治才华的机会到了,临去长安前,他在一首诗中这样写道:"仰天大笑出门去。我辈岂是蓬蒿人。"豪迈和喜悦之情可谓溢于言表。

神仙方术 我国传统五术之一,属民间信仰。古人相信通过一定的方法,可以使人长生不老甚至变成神仙,人们把这种希望寄托在各种药方上,为此人们寻找各种矿物植物等配置药方,从事这一活动的人被称为"方家"或"方士",他们所从事的活动就叫"方术"。

李白来到长安后，得到了唐玄宗的隆重接待。唐玄宗赏识李白的文学才华，让他写诗点缀大唐王朝的盛世景象，而没有给他在政治上显露才华的机会。因此，李白大失所望，心情陷入苦闷之中，每天与人喝酒解闷。

李白是个桀骜不驯、清高自傲的人，由于他蔑视权贵，很快就蒙受权贵的谗言，李白愤然离开长安。不久，李白在洛阳认识了诗人杜甫，两人结下了终生不渝的友谊。

后来，李白受永王李璘的牵连入狱，经人搭救，死罪免去，被流放夜郎，走到巫山一带时，正好赶上朝廷大赦，得以获释。此后，李白一直漂泊在江南一带。

李白生活在唐代极盛时期，他创作了大量的诗篇，既反映了那个时代的繁荣气象，也揭露和批判了统治集团的荒淫和腐败，表现出蔑视权贵，反抗传统束缚，追求自由和理想的积极精神。

李白继承了陈子昂诗歌革新的主张，在理论和实践上使诗歌革新取得了最后的成功。他在《古风》第一首中，回顾了整个诗歌发展的历史，指出"自从建安来，绮丽不足珍"。并以自豪的精神肯定了唐

翰林 古代皇帝的文学侍从官，翰林院从唐代起开始设立，初为供职具有艺能人士的机构，后来演变成了专门起草朝廷机密诏制的重要机构，在翰林院里任职的人称为"翰林学士"。

■ 李白醉酒图

> **游仙体** 即游仙诗，古代借歌咏仙境以寄托作者思想感情，抒发情怀志向之诗。游仙诗以想象力丰富、华丽的辞藻描写，形成一股浪漫主义的诗风，历史上许多大诗人如李白、陆游、苏轼等均受其影响，并创作了一批传诵千古的杰作。

诗力挽颓风，恢复风雅传统的正确道路。

在《古风》第三十五首中，李白又批评了当时残余的讲求模拟雕琢、忽视思想内容的形式主义诗风："一曲斐然子，雕虫丧天真。"

在创作实践上，李白和陈子昂有着相似之处，多写古体，少写律诗。但李白在学习乐府民歌以及大力开拓七言诗上，成就却远远超过陈子昂。他的这些努力对诗歌革新任务的完成起了巨大作用。

唐文学家李阳冰在李白死后为他编的诗集《草堂集》序中说："卢黄门云：'陈拾遗横制颓波，天下质文，翕然一变。'至今朝诗体，尚有梁陈宫掖之风，至公大变，扫地以尽。"这是对李白革新诗歌功绩的正确评价。

李白的诗内容十分丰富。一些诗表现他怀抱为国建功立业的政治理想以及关心祖国命运和前途的情感。他的《古风·西上莲花山》一诗，用游仙体，结尾处还是从幻想回到现实，对叛军的残暴表示愤怒，对民众的苦难寄予同情。

李白的一些诗充分表达了他酷爱自由的追求和蔑视利禄、鄙弃富贵的思想，他在《梦游天姥吟留别》发出"安能摧眉折腰事权贵，使我不得开心颜"的感叹。

李白的一些诗抒写了对友人的真挚情谊和对民众的亲切感情，如《赠汪

■ 李白诗意图

伦》诗："桃花潭水深千尺，不及汪伦送我情。"友人之间深厚的感情喷薄而出。

李白还创作了大量描写自然风景的诗作。李白堪称是中国诗人中的游侠，他用他的双脚和诗笔丰富了大唐的山水。他的大笔横扫，狂飙突进，于是，洞庭烟波、赤壁风云、蜀道猿啼、浩荡江河，全都一下子飞扬起来。

在诗中，诗人灵动飞扬，豪气纵横，像天上的云气；他神游物外，自由驰骋，像原野上奔驰的骏马。在诗里，诗人一扫世俗的尘埃，完全恢复了他仙人的姿态，他的豪气义气，他的漂泊，全都达于极端。

■ 李白登山图

李白描写自然风景的诗常将自己丰富的情感寄托在写景中，如《望庐山瀑布》一诗：

日照香炉生紫烟，
遥看瀑布挂前川。
飞流直下三千尺，
疑是银河落九天。

全诗融情于景。庐山瀑布"飞流直下"的气势，洋溢着诗人昂扬激进的思想，蕴含着他对祖国锦绣山

蜀道 也就是蜀地的道路。蜀地被群山环绕，古时交通不便，道路难以行走。蜀道是一个内涵极其丰富的大概念，包括四面八方通往古代蜀地的道路，有自三峡溯江而上的水道，由云南入蜀的樊道，有自甘肃入蜀的阴平道和自汉中入蜀的金牛道、米仓道、荔枝道等。

■ 李白桃李园夜宴图

河的深切感情。

李白的诗充满了浓郁的浪漫主义色彩，他的诗歌，不仅具有最强烈的浪漫主义精神，而且还创造性地运用了一切浪漫主义的手法，使内容和形式得到高度的统一。

李白炽热的爱国热情，强烈追求自由的个性，在表现各种生活的诗篇中都打下了不可磨灭的烙印，处处留下浓厚的自我表现主观色彩。

李白在感情的表达上不是掩抑收敛，而是喷薄而出，一泻千里，当平常的语言不足以表达其激情时，就用大胆的夸张，当现实生活中的事物不足以形容、比喻、象征其思想愿望时，就借助非现实的神话和种种奇丽惊人的幻想。

与喷发式感情表达方式相结合，李白诗歌的想象变幻莫测，往往发想无端，奇之又奇。他奇特的想象，常有异乎寻常的衔接，随情思流动而变化万端。

李白的诗一个想象与紧接着的另一个想象之间，跳跃极大，意象的衔接组合也是大跨度的，离奇惝

幻想 艺术幻想是一种创作手段，是作家不满足于模仿现实的本来形态，而按自己的需要来虚构形象的一种创作方法。它植根于生活，往往又对生活作夸张的叙述和描绘而达到一种升华，因而幻想中的事物比真实情况下的更活跃，更富色彩。

恍，纵横变幻，极尽才思敏捷之所能。

李白的诗，想象、比喻、夸张往往综合运用，如"燕山雪花大如席""白发三千丈，缘愁似个长"等，此外，李白还善于使用拟人手法，使大自然具有人的性情，为抒发感情服务。

李白的诗歌除具有浪漫主义的特色外，还具有语言明白自然，不见苦吟推敲痕迹。还有，李白喜欢用具有明丽色彩的词语，如清、明、白、碧、金等。

李白对月亮有着特殊的感情，月光和月亮对于李白来说是一种皎洁透明的象征，体现了他对光辉明亮事物的憧憬和追求。

李白的诗歌，继承了前代浪漫主义创作的成就，以他叛逆的思想，豪放的风格，反映了盛唐时代乐观向上的创造精神以及不满封建秩序的潜在力量。

李白的诗歌不仅扩大了浪漫主义的表现领域，丰富了浪漫主义的手法，并在一定程度上体现了浪漫主义和现实主义的结合。这些成就，使他的诗歌成为屈原以后浪漫主义诗歌的新的高峰。

阅读链接

李白蔑视权贵、反权贵的思想意识，是随着他的生活实践的丰富而日益自觉和成熟起来的。在早期，李白的这种思想主要表现为"不屈己、不干人""平交王侯"的平等要求。

随着对统治阶级高官实际情况的了解，李白进一步揭示了布衣和权贵的对立。他在《古风》中写道："珠玉买歌笑，糟糠养贤才。""梧桐巢燕雀，枳棘栖鸳鸯。"而在《梦游天姥吟留别》中，他发出了最响亮的呼声："安能摧眉折腰事权贵，使我不得开心颜！"这个艺术概括在李白诗歌中的意义，正如同杜甫的名句"朱门酒肉臭，路有冻死骨"在杜甫诗中一样重要。

白居易大力推进新乐府运动

白居易是中唐时期最有名的诗人，他的诗歌题材广泛，形式多样，语言平易通俗，有"诗魔"和"诗王"之称。

772年，在河南新郑山川秀美、民风淳朴的东郭宅村，在白家一个小生命诞生了，这个小生命就是白居易。白居易字"乐天"，也许是为了纪念这山川秀丽、风景如画的好地方。

白居易像

白居易自幼聪颖，读书十分刻苦，据说读得口都生出了疮，手都磨出了茧，年纪轻轻的，头发全白了。800年，白居易考中进士，从此步入仕途，曾任翰林学士、左拾遗、刑部侍郎、太子宾客、河南尹等职。

■ 白居易诗歌的写意画

白居易的诗歌理论是新乐府运动的理论基石。所谓新乐府，是相对汉魏旧体乐府而言的。"新乐府运动"这一概念首先由白居易提出来。

核心是以创作新题乐府反映现实为中心。白居易曾把担任左拾遗时写的"美刺比兴""因事立题"的50首诗编为《新乐府》。

白居易大力反对大历年间至贞元前期诗坛出现的以大历十才子为代表的远离现实、放情山水的倾向，他的诗歌理论强调诗歌的社会与政治功能。在809年所作的《新乐府序》中，白居易明确提出诗歌应该"为君为臣为民为物为事而作，不为文而作也"。

白居易把文学当做救济社会、改善人生的利器，要求诗歌能"补察时政"和"泄导人情"。他在《与元九书》中也提出："文章合为时而著，歌诗合为事而作。"

此外，白居易还要求诗歌形式与内容要统一："根情、苗言、华声、实义""其辞质而径""其言直而切""其事核而实""其体顺而肆""非求宫律

侍郎 汉代官员的一种，本为宫廷的近侍。东汉时期以后，尚书的属官，初任称"郎中"，满一年称"尚书郎"，三年称"侍郎"。唐代以后，中书、门下二省及尚书省所属各部均以侍郎为长官的副手，官位渐高。

> **托物言志** 是文学表述的一种手法,是通过对物品的描写和叙述,表现自己的志向和意愿的方法。要运用好托物言志,就要掌握好"物品"与"志向","物品"与"感情"的内在联系。托物言志的写作方法,最常用的有比喻、拟人、象征等。

高,不务文字奇",以通俗易懂的形式为表达内容服务。

白居易的这些诗歌理论,一反大历以来逐渐抬头的逃避现实的诗风,发扬了《诗经》、汉魏乐府和杜甫以来的优良诗歌传统,对新乐府运动面向社会,反映现实起了积极的导向作用。

白居易把自己的诗歌分为4类:讽喻诗、闲适诗、感伤诗、杂律诗。其中最为人称道的是他标为"讽喻"一类的诗歌,有《秦中吟》10首及《新乐府》50首。在这些诗歌里,他关心现实政治、关心社会问题,以乐府民歌的精神,大胆揭露社会政治中的种种黑暗现象。

讽喻诗在形式上多直赋其事。叙事完整,情节生动,人物情节细致传神。另一部分讽喻诗则采用托物言志的手法,借自然物象寄托政治感慨。这两类作品都是概括深广,主题集中,形象鲜明,语言简洁。

《卖炭翁》是白居易讽喻诗中的代表作。《卖炭翁》一诗以卖炭翁的遭遇揭露了朝廷直接掠夺百姓财

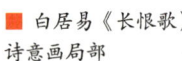
■ 白居易《长恨歌》诗意画局部

物的无耻行径。

感伤诗以叙事长诗《长恨歌》《琵琶行》最为著名,《长恨歌》前半写杨贵妃从入宫到安史之乱的事由,对君王耽色误国有极强的讽刺意味。诗的后半部分,诗人用较多的笔触描述杨贵妃与唐玄宗的爱情悲剧,较多地注入了自己的同情。

《长恨歌》叙事张弛有致,详略妥帖,为突出相思之苦,不惜大段铺排。全诗结构紧凑和谐,语言优美明丽,流畅生动,堪称千古名篇。

■ 白居易《琵琶行》诗意画

《琵琶行》借一个"老大嫁做商人妇"的琵琶女一生的遭遇抒发自己被贬的感慨和真实心声:"同是天涯沦落人,相逢何必曾相识。"不但比《长恨歌》更富有现实性,而且艺术感染力也更强一些。

《琵琶行》在艺术上最大的成功在于它形象地描绘出了无形的音乐,又通过音乐和景物渲染出复杂的情感。另外,情节曲折,描绘细腻,音律和谐。

白居易的闲适诗和杂律诗多抒写对归隐田园宁静生活的向往和洁身自好的志趣。一些写景诗写得颇有特色,具有清新明朗、自然朴素之美。《赋得古原草

琵琶 一种传统弹拨乐器,有2000多年的历史。最早被称为"琵琶"的乐器大约在秦代出现。琵琶被称为"民乐之王""弹拨乐器之王""弹拨乐器首座",木制,音箱呈半梨形,上装四弦。演奏时竖抱,左手按弦,右手五指弹奏。琵琶可独奏、伴奏、重奏、合奏。

白居易《晚秋闲居》诗意画

送别》是一首科场命题诗，通篇用原上草比喻别情，想象十分别致。《暮江吟》抓住江边黄昏前后变幻不定的景色，描绘了一幅"暮色秋江图"。

白居易的诗歌在语言上有明显的特点，就是浅白易懂。他的新乐府也好，其他的诗也好，大都偏向通俗平易，而且意绪流贯，无跳跃感。这种语言特点和白居易诗中的世俗化趣味一拍即合。这使得白居易的诗歌赢得了最广泛的读者。

刘禹锡在《翰林白二十二学士见寄诗一百篇因以答贶》之中所谓"郢人斤斫无痕迹，仙人衣裳弃刀尺"，就是对白居易这种平易自然、浑成无迹的诗风的高度赞扬。

阅读链接

白居易和李白、杜甫一样，也喜欢喝酒。

白居易在67岁时，写了一篇《醉吟先生传》。这个醉吟先生，就是他自己。他在《醉吟先生传》中说，有个叫醉吟先生的，不知道姓名、籍贯、官职，只知道他做了30余年官，退居到洛城。他的居处有个池塘、竹竿、乔木、台榭、舟桥等。他爱好喝酒、吟诗、弹琴，与酒徒、诗友、琴侣一起游乐。

开辟新路 宋代诗歌

进入宋代,诗坛没有了唐代那种恢弘开阔的大家气象,也较少充满青春气息的浪漫主义歌唱,更多的是采用现实主义的创作方法,痛切国事,沉郁悲愤。这与当时沉重的社会状况有着密切的关系。

宋诗比较喜欢用典,书卷气较浓,显得委曲精深;唐诗多以强烈的激情去感受现实生活,重视生活感受的直接抒发和描写,显得深厚博大。

南宋时期严羽在《沧浪诗话·诗辨》中这样评价宋诗:"以文字为诗,以才学为诗,以议论为诗。"宋诗开出一条以思理取胜的诗歌新路,理胜于情。

黄庭坚和"江西诗派"的成就

北宋后期以及两宋之际，社会风气不佳，经济停滞不前，文学创作受此影响，在内容上不如北宋中期充实丰富，但是在艺术上刻意追求，致使创作带有更多的雕琢性。这一时期以黄庭坚为首的江西诗派成为了诗坛的主角。

黄庭坚画像

黄庭坚，他在朝廷和地方都做过官，但仕途并不如意。他的诗歌极负盛名，与苏轼并称"苏黄"。他作诗学习杜甫，但不专注于杜甫诗歌的现实主义精神，而较多地在形式技巧上力求创新。

黄庭坚主张读书融古，模仿前人，在学问中求诗。他提倡所谓"点铁成金"和"夺胎换骨"的方法，在前人词句或诗意的基础上点化发挥。他学诗注重法度规矩，又要求新求变。黄庭坚的诗构思奇巧，又爱押险韵，作拗律，表现出一种生新奇峭的风貌，大大有别于唐代诗人，自成一家，当时就被称为"山谷体"。为了树立生新瘦硬的诗风，黄庭坚还爱用奇字僻典和拗体险韵。

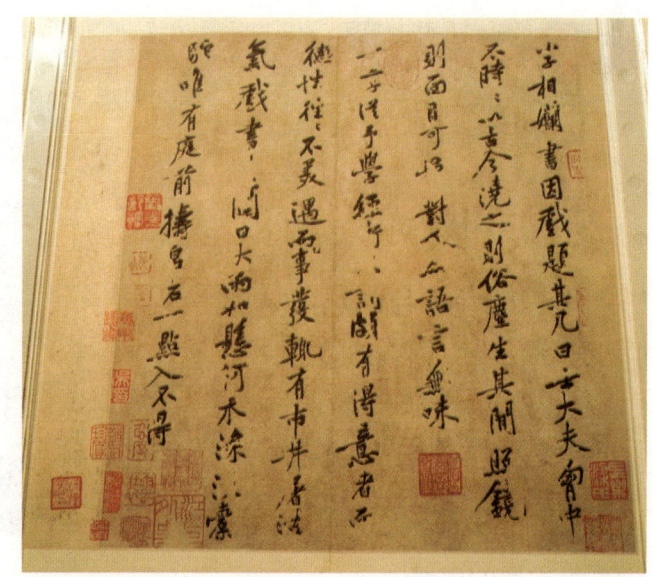

■ 黄庭坚书法

在某种意义上可以说，宋诗的艺术特性集中体现在"山谷体"上。黄庭坚的诗在艺术上富有创造性，但由于在艺术形式上过分着力，影响了诗歌在表达上的通达流畅。

在诗歌章法与句法结构上，黄庭坚主张回旋转折，曲尽其变，不循常规。如七律《王充道送水仙花五十枝欣然会心为之作咏》前七句感情幽细，而末一句"出门一笑大江横"，格调明阔，使诗歌结构充满张力，给人丰富的想象。

黄庭坚诗歌的题材以思亲怀友、感时抒怀、描山摹水和题书咏画为主。代表作《寄黄几复》是为怀念他的朋友黄几复而写的。诗中表达了对相隔万里、音讯难通的朋友的深沉思念，其中也隐然寄寓着作者自

章法 指文章的组织结构。书法章法是指安排布置整幅作品中字与字、行与行之间呼应、照顾等关系的方法。

七律 律诗的一种。律诗发源于南朝齐永明时沈约等讲究声律、对偶的新体诗，至初唐沈佺期、宋之问时正式定型，成熟于盛唐时期。律诗要求诗句字数整齐划一，律诗由八句组成，七字句的称七言律诗。

黄庭坚的《咏水仙》诗意图

己身世遭遇的感慨。

这首诗立意曲深，富有思致；起接无端，出人意表；字精句酌，造句警奇；音律上兀敖奇峭，比较全面地体现了黄庭坚诗歌的主要艺术特点。

在黄庭坚的诗歌中，也有写得比较自然流畅的，如《登快阁》。这首诗写登上快阁时的所见所感：所见是清秋晚晴的明净广远景象，所感则是孤寂的心情和归隐的意向。三四句"落木千山天远大，澄江一道月分明"，写秋山月夜景象，表现出一种开阔明净的境界，十分精巧而又自然生动。

黄庭坚的诗虽然现实性不强，但他讲究诗法，求新求奇，创造了一种奇巧瘦硬的艺术风格，使宋诗的发展产生了一种新的变化，改变了以前那种平易流畅的特点。

黄庭坚在实践中总结出一整套操作性很强的作诗方法，易于领会和学习，因此颇受当时后学们的拥戴，逐渐形成了声势浩大的流派，由于黄庭坚是江西人，追随者也多半是江西人，因此这个流派被称为"江西诗派"。

江西诗派是宋代最大的诗歌流派。江西诗派的一祖三宗，即以杜甫为一祖，黄庭坚、陈师道、陈与义为三宗。黄庭坚是江西诗派的灵魂，他的诗歌理论主张和创作实践都代表了江西诗派的特色。

陈师道，一生为贫穷所困，以苦吟著名，曾自称"此生精力尽于诗"。陈师道常衣食无着。据说他有了创作冲动时，赶紧回家，关门上床，蒙上大被构思，有时达一整天，因而有"闭门觅句"之称。

陈师道的才气不及苏轼，学力不及黄庭坚，在诗艺上却有自己的追求，其诗质朴无华而又精炼简洁，主张"宁拙毋巧，宁朴勿华"的诗风。

江西诗派在北宋朝廷南渡后，又有所发展，陈与义是江西诗派后期的代表。陈与义，生活在两宋之交。他的诗，总的说来写得比较清新，且不时能创造出一些奇特的诗境。

陈与义的《伤春》一诗蕴含着深沉的家国之痛，对南宋时期爱国诗歌有着良好的影响。

阅读链接

黄庭坚是"苏门四学士"之一，是被苏轼赏识和奖掖的人。他比苏轼小8岁，关系在师友之间，极为亲密。苏轼在贬谪岭南期间作了许多和陶渊明的《归田园居》差不多的诗。苏轼死后，黄庭坚作了一首《跋子瞻和陶诗》称赞苏轼："子瞻谪岭南，时宰欲杀之。饱吃惠州饭，细和渊明诗。彭泽千载人，东坡百世士。出处虽不同，风味乃相似。"

苏轼是被其政敌流放的，他们想置他于死地。然而苏轼处之泰然。黄庭坚说苏东坡和陶渊明两人平生境遇并不一样，但他们的高尚节操和人生态度却十分相似，都将名传千年百代而不朽。中国向来有"文人相轻"一说，其实并不尽然，黄庭坚和苏东坡的关系就是个典型的反证。

陆游将爱国主义诗歌推向高峰

南宋中期的诗歌以陆游、杨万里、范成大、尤袤四人为代表,号称"中兴四大诗人"或"南宋四大家"。四大家中以陆游的成就最突出,杨万里和范成大次之,尤袤诗作保存下来的不多。

陆游,幼年时期,正值金人南侵,历尽离乱之苦,从小就有忧国忧民之心。

陆游画像

陆游自幼好学,有"我生学语即耽书,万卷纵横眼欲枯"的好学精神,他特别喜欢兵书,18岁便有诗名,25岁又拜师学习,更加确立了他诗歌的爱国主义基调。

陆游初期的诗风受江西诗派影响,没有形成自己鲜明的风格。46岁时,陆游入蜀为官9年,得以亲临前线,在范成大幕府时因不拘礼

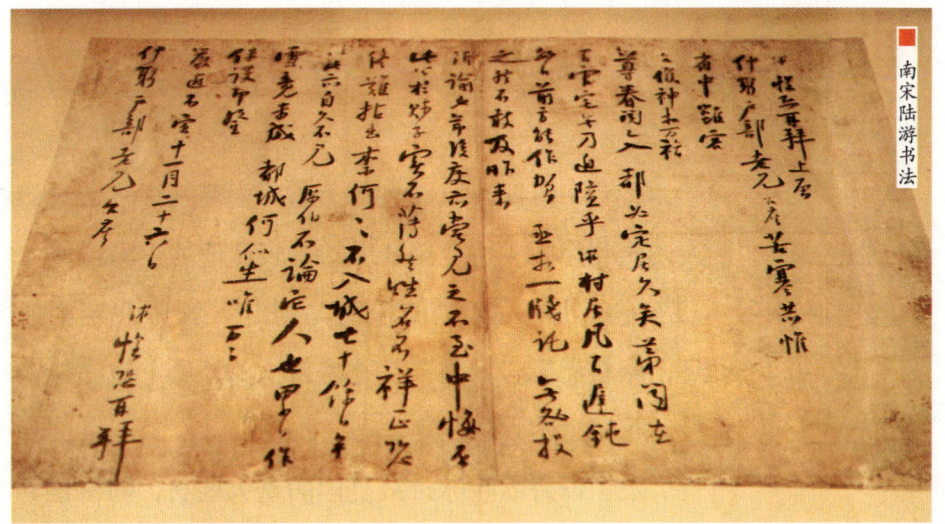

南宋陆游书法

法，被人讥为"恃酒颓放"，遂索性自号"放翁"。

在这之后，陆游曾在福建、江西、浙江等地任地方官，66岁时退居山阴。这一阶段，是他诗歌成熟和爱国热情最高涨的时期，特别是蜀中雄丽的山水和激烈的军事生活对他形成明朗瑰丽和豪放悲壮的诗风影响很大。

陆游晚年一直在农村赋闲，这期间他创作了大量以农民生活和农村景物为题材的诗歌。这一阶段，他写了各种诗篇7000多首，是创作的丰收期。

陆游的诗歌数量在宋代诗人中最多，共存诗9400多首，其诗歌内容也极为丰富，触及到南宋前期社会生活的方方面面，其中最突出的部分，是反映民族矛盾的爱国诗歌。

《关山月》除对战士虚度岁月空戍边和遗民含悲忍死盼恢复表示同情外，还对投降派的文恬武嬉予以深刻的批判。《书愤》则写出自己报国无门的慷慨悲凉：

早岁哪知世事艰，中原北望气如山。
楼船夜雪瓜洲渡，铁马秋风大散关。

塞上长城空自许，镜中衰鬓已先斑。
出师一表真名世，千载谁堪伯仲间！

《十一月四日风雨大作》写风雨交加之夜，老诗人还想到为国戍边，用梦思幻想表达他的爱国精神。

《示儿》写于诗人临终之时，"王师北定中原日，家祭无忘告乃翁"，这是诗人的遗嘱，也是诗人最后呼喊出的爱国之声。

除了以诗歌吟咏抗敌复国的重大题材，陆游还善于从广阔的日常生活中开掘题材。如《临安春雨初霁》中的"小楼一夜听风雨，深巷明代卖杏花"，一句透漏了书斋狭小天地中的逸情别致。

《南宋楼遇急雨》中的"江山重复争供眼，风雨纵横乱入楼"一句，描绘了苍茫阔大的自然风景。一山一水，一草一木，一人一事，都成为陆游诗中的审

> **楼船** 我国古代一种具有多层建筑和攻防设施的大型战船，外观似楼，所以被称作"楼船"。舰船的大小直接决定单舰所能容纳的水手和战士的数量以及舰船的撞击力，所以楼船在古代很大程度上担任了水战主力舰只。

■ 南宋陆游行书《苦寒帖页》

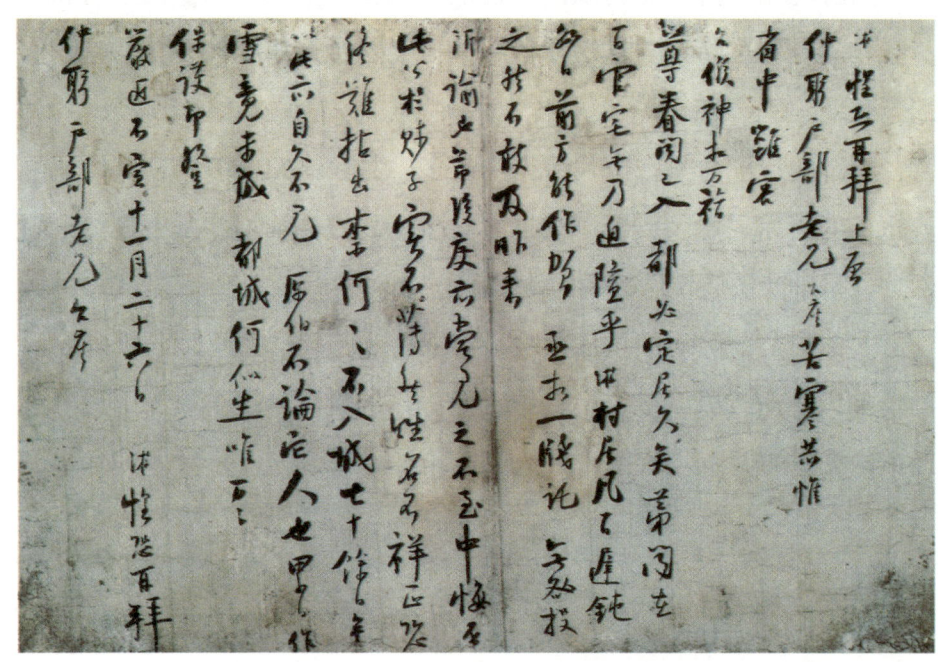

■ 陈列陆游手迹复制品和碑刻、拓片的沈园务观堂

美对象，寄托着他对生活的关注和热爱。

陆游诗歌的艺术成就是多方面的，他诗歌的基本特征是现实主义，但也具有浓厚的浪漫主义色彩，有时两者也会有机地结合起来。

陆游诗歌的现实主义性具体表现在他始终关怀国家民族的命运，不惜为国家牺牲，并相当全面地反映了他那个时代的特点。在表现手法上，陆游往往把巨大的现实内容压缩在一首短诗里，或通过用事来概括现实。

陆游诗歌的浪漫主义色彩具体表现在对理想的热烈追求，诗中具有丰富而瑰丽的想象，也有奇特的夸张。陆游无时无事不思及恢复，但现实屡令他失望，他只好以记梦来寄托抗敌复国的理想。

陆游的记梦诗有99首之多，大多言恢复之事。这便是他能以浪漫主义手法表达具有重大现实意义题材的原因。他善于将主观感受融入其中，体现出浪漫主

记梦诗 陆游生活在动乱年代，金国南侵，大批官员南逃，幼年时就饱尝了颠沛流离之苦。在现实生活中他那如火燃烧的意愿，雄心勃勃的壮志未得一酬，都移到梦里，在梦里得到了痛快的实现。他把梦里实现事情记下来，用诗的形式表现出来，所以，他的记梦诗里，大多都是与杀敌、收复失地有关。

南宋陆游塑像

义与现实主义的相互渗透,从而形成了他瑰丽雄奇的独特诗风。

陆游诗歌众体兼备,又无体不工,尤善七言诗。如《长歌行》兼杜甫之沉郁顿挫和李白之豪放飘逸,特别是最后"国仇未报壮士老,匣中宝剑空有声。何当凯旋宴将士,三更雪压飞狐城"4句,笔力雄健,令人感奋不已。

陆游的诗语言通俗晓畅,明白如话,很多已成为日常用语,如"山重水复疑无路,柳暗花明又一村""位卑未敢忘忧国,事定犹须待阖棺"等,颇有感染力。

陆游继承了屈原、杜甫等人的爱国主义传统,将爱国主义诗歌推向一个新的境界,一个高不可及的巅峰。

阅读链接

陆游不但是不折不扣的爱国诗人,而且还是一位精通烹饪的专家,在他的诗词中,咏叹佳肴的足足有上百首,还记述了当时吴中和四川等地的佳肴美馔,其中有不少是对于饮食的独到见解。

陆游的烹饪技艺很高,常常亲自下厨掌勺,一次,他就地取材,用竹笋、蕨菜和野鸡等物,烹制出一桌丰盛的宴席,吃得宾客们"扪腹便便",赞美不已。他对自己做的葱油面也很自负,认为味道可同神仙享用的"苏陀",即油酥媲美。

陆游在《洞庭春色》一诗中说,有"人间定无可意,怎换得玉脍丝莼"的句子,这"玉脍"指的就是隋炀帝誉为"东南佳味"的"金齑玉脍"。"脍"是切成薄片的鱼片;"齑"就是切碎了的腌菜或酱菜,也引申为"细碎"。

成就斐然 明清诗歌

　　元代诗歌受南宋后期瘦硬生涩、气骨衰敝的诗风影响，诗歌没有形成自己的鲜明特色，在创作上也未取得突出的成就。

　　明代初期，诗歌创作有了不错的发展，刘基、高启、杨基、袁凯等人的诗歌创作富有现实内容，气象阔大。明代中叶，针砭现实、关心民瘼的题材和内容，成为诗歌创作的主流，明诗的气象真正开始展露出来。明代末年，以袁宗道、袁宏道、袁中道为领袖的公安派的诗歌具有畅抒襟怀、清新洒脱的风貌，充满了生机和活力。

　　进入清代，诗歌创作出现了中兴的局面，其成就超越了元明两代，一大批诗人，如顾炎武、黄宗羲、王夫之、王士禛等，为古代诗歌的发展写下了一个圆满的句号。

明代初期诗歌呈现勃勃生机

明代初期，诗歌创作有一个相当不错的开局。生活在元代末年直至明代初期的一批作家，如刘基、高启等，由于亲历了改朝换代的巨大变迁，对种种灾难和痛苦有着切身体验，这自然加深了他们对社会、人生的认识，因而他们的诗歌创作富有现实内容，往往直抒胸臆，感情真挚，气象阔大，风格沉郁。

■朱元璋与刘基

刘基，是明代的开国功臣之一，受到明太祖朱元璋的倚重。他的诗歌揭示了元代末期黑暗动荡的社会现实。其《畦桑词》《买马词》《赠周宗道六十四韵》等或控诉重敛伤民，或揭露元末官逼民

高启的《题仕女图诗》

反的真相，都不同程度地表示了对现实的忧虑。

刘基还有一篇长达1200多字的《二鬼》诗，诗中借写结邻和郁仪二鬼重整天地，为民造福，却被天帝猜疑捉拿之事，抒写自己抱负无法实现的苦闷。

高启，是明代诗歌成就最高的诗人。高启的文学思想，主张取法于汉魏唐宋各代，所以他的诗歌风格多样，学什么像什么，兼古人之所长，又自出新意。

清代史学家赵翼在《瓯北诗话》中评价高启的诗歌道：

一涉笔即有博大昌明气象，亦关有明一代文运。

《四库全书总目提要》对高启的评语是："天才高逸，实据明一代诗人之上。"实际上，从高启的成就就可以看出明初诗歌创作呈现出的勃勃生机。

高启做官只有3年，长期居于乡里，故其部分诗歌描写了农民劳动生活，如《牧牛词》《捕鱼词》

《四库全书总目录提要》编纂《四书全书》时，将"著录书"、"存目书"逐一撰写提要，于1781年汇编成此书。共200卷。是一部内容丰富、较系统的研究古典文献的重要工具书、解题式书目的代表作。

太守 原为战国时代郡守的尊称。西汉景帝时，郡守改称太守，为一郡最高行政长官。历代沿置不改。南北朝时，新增州渐多，郡之辖境缩小，郡守权为州刺史所夺，州郡区别不大，至隋初遂存州废郡，以州刺史代郡守之任。此后太守不再是正式官名，仅用作刺史或知府的别称。明清则专称知府。

《养蚕词》《射鸭词》《伐木词》《打麦词》《采茶词》《田家行》等。这些诗没有把田园生活理想化，而是在一定程度上反映了阶级剥削和人民疾苦。

如《湖州歌送陈太守》写：

草茫茫，水汩汩。
上田芜，下田没，
中田有麦牛尾稀，
种成未足输官物。
侯来桑下摇玉珂，
听侬试唱湖州歌。
湖州歌，悄终阕，
几家愁苦荒村月。

高启的《明皇秉烛夜游图》，着力描写唐明皇沉湎酒色，忘怀国事，最终酿成安史之乱。全诗多从白居易《长恨歌》变化而来，但没有一语相袭，可见其诗歌艺术功力之深。高启诗在艺术上有一定特色。他的某些诗崇尚写实，描摹景物时细致入微。如"江黄连渚雾，野白满田冰"；

■《明皇秉烛夜游图》

"鸟啄枯杨碎，虫悬落叶轻"等句，均产生于生活实感，新颖逼真。

明代诗坛上出现以"三杨"为代表的"台阁体"诗派。"三杨"即：杨士奇、杨荣、杨溥，他们都是台阁重臣。台阁主要指当时的内阁和翰林院，台阁体则指当时的台阁重臣所形成的一种诗歌风格。其形式则是追求雍容华贵、典雅工丽，题材大都是应制、酬答和题赠，给人以枯燥乏味、平庸呆板的感觉。

"茶陵诗派"是继台阁体之后明代前期的又一个诗歌流派。针对台阁体的肤廓空泛，茶陵派以诗学汉唐相标榜，这种复古主张及其创作实践，产生了一定影响。因代表诗人李东阳是湖南茶陵人而得名。它形成并活跃于弘治至正德年间的诗坛。李东阳的成就最大。

李东阳的诗论着眼于形式，强调诗歌的体制、音节、声调、格律，忽视内容。因此，他写的大都是抒发封建士大夫情怀的应酬题赠诗作，缺乏现实内容，形式典雅工丽，诗歌视野比"三杨"开阔，但未能完全摆脱台阁体的弊端。

> **阅读链接**
>
> 高启的一些诗给他引来了麻烦。他写的诗多次有意无意地触动和冒犯了明太祖朱元璋。高启曾写过一首《题宫女图》的诗："小犬隔花空吠影，夜深宫禁有谁来？"
>
> 这本是一首针对元顺帝宫闱隐私的闲散之作，与明朝廷毫不相干，可朱元璋偏偏要对号入座，认为高启是在借古讽今挖苦自己，所以记恨在心。
>
> 高启在《青丘子歌》写有"不闻龙虎苦战斗"的诗句，这又遭到了朱元璋的强烈厌恶。因为高启写这首诗之时，正是朱元璋率军与强敌在"苦战、苦斗"之际，在朱元璋看来，你高启作为诗人不来呐喊助威倒也罢了，竟然表示不闻不问。
>
> 另外，高启在诗中还有"不肯折腰为五斗米"的句子，表示对做官毫无兴趣，这也正是朱元璋所忌恨的。据说，高启的死就和这些不合皇意的诗作有关。

复古中徘徊的明代后期诗歌

明中后期,文坛上出现了许多文学小集团或文学流派,著名的有前七子、后七子、唐宋派、公安派、竟陵派等。他们或同时并起,或先后相承,各自利用一定的文学传统,提出一定的文学主张,表现一定的创作倾向,互相排斥,此起彼伏。

■ 李梦阳画像

明代中期诗歌以弘治、正德年间的"前七子"和嘉靖中期的"后七子"为主要代表。前七子对当前文坛理学气和太平气弥漫的现象甚为不满,认为这是造成诗歌情感匮乏和虚假的主要原因,因此主张诗歌超越宋人的说理,回到盛唐以情感为主的传统中去。

前七子复古运动以李梦阳、何景明为首，包括边贡、徐祯卿、康海、王九思、王廷相。前七子提出"文必秦汉，诗必盛唐"的主张，这对扫除台阁体千篇一律、呆板单调的文风起到了一定的积极作用。

前七子还把目光投向民间，认为"真诗乃在民间"。但是，他们把秦汉时期古文当范本，刻意模仿，从而滋长了文坛模拟剽窃的风气，或以形式上的古奥艰深来掩盖内容的贫乏浅薄。虽然前七子的创作以拟古为主，内容相对贫乏浅薄，但是他们还是在两个方面取得了一定的成绩。

一是前七子由于自身的政治遭遇和干预时政的勇气，这使得他们的诗歌某方面具有现实意义，如李梦阳的《石将军战场歌》《自从行》；何景明的《玄明宫行》《点兵行》等。

二是由于前七子的主情论调，在推崇盛唐诗歌的同时，也对情真

■ 李贽画像

意切的市井民歌非常重视，客观上推进了市井民歌的发展。

明代嘉靖、万历年间，在文学上又出现了以李攀龙、王世贞为代表的"后七子"，包括谢榛、宗臣、梁有誉、徐中行、吴国伦等7人。

后七子的文学思想与前七子的文学思想一脉相承，他们进一步主张"文必西汉，诗必盛唐，大历以后书勿读"。从而将拟古之风又一次推向了高潮。

后七子中，以王世贞声望最高，创作最多，影响也最大，其诗歌题材丰富，风格也较为多样化，一定程度上突破了复古的樊篱。

与前七子同时的江南一批画家兼诗人，以王慎中、唐顺之、归有光、茅坤等为首的"唐宋派"出现在文坛，他们最早起来反对拟古文学运动，继承南宋以来推崇韩愈、柳宗元、欧阳修、曾巩等唐宋时期古文名家的传统，提出"文从字顺"的主张来矫正前后七子的创作弊病。由于他们崇尚唐宋古文，因此称为"唐宋派"。

唐宋派在当时看到了拟古派给文学带来了危机，竭力反对文学复古，就这一点来说是进步的。归有光，字熙甫，江苏昆山人。他是"唐宋派"中成就最突出的一位作家。

诗歌并非归有光所长，文集40卷中，存诗仅一

江南 在历史上江南是一个文教发达、美丽富庶的地区，它反映了古代人民对美好生活的向往，是人们心目中的世外桃源。从古至今"江南"一直是个不断变化、富有伸缩性的地域概念。江南，意为长江之南面。在古代，江南往往代表着繁荣发达的文化教育和美丽富庶的水乡景象，区域大致为长江中下游南岸的地区。

卷，多写人民生活惨状、官吏贪婪怯懦、倭寇的肆虐横行，如《鄞州行寄友人》《海上纪事十四首》等。

明后期诗歌，在万历年间有了较大变化，那个时候复古运动已经渐渐消退，李贽竭力反对前后七子的文学复古主张，提出了"童心说"。李贽认为，所谓童心，也就是赤子之心和真情实感，是一种未被道学礼教所蒙蔽的内在情感。

在李贽看来，只有具有童心的文学，才是真文学。他明确申言："天下之至文，未有不出于童心焉者也。"李贽的学说具有反传统价值体系的色彩，对后面的公安诗派影响很大。

"公安派"是明代后期万历年间的一个诗文流派，主要以袁宏道、袁宗道、袁中道为代表。因"三袁"是湖北公安人，故称这个诗文流派为"公安派"。公安派理论核心的口号是"独抒性灵"。他们的诗文理论主要体现在3个方面：

一是认为诗文的发展方向不在于复古，而在于创新；二是反对诗文创作剽窃模拟，矫饰虚假，强调诗文创作要抒发自己的实际感受和独到见解；三是反对古奥艰涩、隐晦难懂的诗风，主张诗歌要意达辞畅。

公安派很好地将诗文理论贯穿到自己的诗文创作中，如袁宏道的《戏题斋壁》中："一作刀笔吏，通身埋故纸"；袁中道《听泉》中的"一月在寒松，两山如昼朗"等，

文集 人物诗文作品的汇编。文集有楚辞、诗文评论、词曲、总集、别集之分。现在所能见到的文集，绝大多数为明清时期所编录。明代以前的文集多已散佚，但传世者不乏名著，而且具有极高的史学和文学价值。

■ 落花独立图

都是信手而出的佳作。

"竟陵派"是继公安派而起的一个诗文流派,其实两者在理论和实践上并无太大的差别,"竟陵派"只是力图纠正公安派末流的弊病。这一派的代表人物是钟惺、谭元春,因为他们都是湖北竟陵人,因而这一派得名"竟陵派"。

秋山夕照图

钟惺、谭元春曾经合力编选《诗归》,单行称《古诗归》、《唐诗归》。在《诗归序》和评点中,他们积极宣扬自己的文学主张,风行一时,"竟陵派"因此而成为影响很大的诗派。

竟陵派在理论上接受公安派提出的独抒性灵的口号,但也看到了公安派的流弊在于俚俗、浅露、轻率的一面,他们追求用"幽深孤峭"的风格来纠正公安派的不足。提出"求古人真诗",既学古,也学真,强调以自己的精神为主体去探求古人的精神所在,但他们过于追求自我意识,显示了一定的褊狭性。

"竟陵派"的诗偏重心理感觉,境界狭小,主观性太强,诗歌中的景象偏于寂寞荒寒,语言又生涩拗折,读来颇感幽塞不畅。

明末,阶级矛盾和民族矛盾日益尖锐,士人们强烈体会到家国之痛,他们将这种沉痛之感注入他们的诗歌中。这些士人中,陈子龙和夏完淳的创作最为出色。

陈子龙,长于诗歌,创作了不少感时伤事的作品,如《小车行》《卖儿行》《辽事杂诗》8首等。《秋日杂感》10首是他的代表作。

夏完淳，与陈子龙同是松江华亭人，是陈子龙的学生，也是一位爱国英雄，代表作《别云间》：

> 三年羁旅客，今日又南冠。
> 无限河山泪，谁言天地宽？
> 已知泉路近，欲别故乡难。
> 毅魄归来日，灵旗空际看。

诗作表达了作者一方面抱着此去誓死不屈的决心，一方面又对行将永别的故乡，流露出无限的依恋和深切的感叹。

这首诗作于秋季作者在故乡被清兵逮捕时，是一首悲壮慷慨的绝命诗。写出了作者对亡国的悲愤，以及壮志难酬的无奈。

阅读链接

竟陵派与公安派的审美趣味迥然不同，在这背后，又有着人生态度的不同。

公安派诗人虽然也有退缩的一面，但他们敢于怀疑和否定传统价值标准，敏锐地感受到社会压迫的痛苦，毕竟还是具有抗争意义的。他们喜好用浅露而富于色彩和动感的语言来表述对各种生活享受、生活情趣的追求，呈现内心的喜怒哀乐，显示着开放的、个性张扬的心态。

而竟陵派所追求的"深幽孤峭"的诗境，则表现着内敛的心态。他们的诗偏重心里感觉，境界小，主观性强，喜欢写寂寞荒寒乃至阴森的景象，语言又生涩拗折，常破坏常规的语法、音节，使用奇怪的字面，每每教人感到气息不顺。他们对活跃的世俗生活没有什么兴趣，所关注的是虚渺出世的"精神"。他们标榜"孤行""孤情""孤诣"。从思想境界来看，公安派要超越竟陵派。

清初遗民诗和中期诗歌理论

清代初期,由明代入清代的很多知识分子割不断故国之情,忠实地恪守着民族气节,他们的诗哀故国、悲往事、望恢复、明志节,这批诗人代表有顾炎武、黄宗羲、王夫之、钱谦益、吴伟业等。

顾炎武画像

顾炎武,与黄宗羲、王夫之并称"明末清初三大儒"。顾炎武的诗多伤时感事之作。诗平实不尚藻饰,是"主性情、不贵奇巧"的学者诗,持重、沉郁、苍凉的风格中可见杜甫诗的神韵。

黄宗羲,学问极博,思想深邃,著作宏富,他的诗强调抒写现实,如《周公瑾砚》:

剩水残山字句饶,

剡源仁近共推敲。
砚中斑驳遗民泪，
井底千年恨未消。

诗中亡国之恨，故国之思，不加遮拦地溢出笔端。

王夫之的诗后人评其为"含婀娜于刚健，有《风》《骚》之遗则"。王夫之最推崇屈原，并承继了其忧国忧民的爱国情怀和以美人香草寄托比兴的艺术风格。

■ 王夫之画像

王夫之的《正落花诗十首》之一诗中五六句脱化于屈原《橘颂》中的"受命不欠，生南国兮"的语句，用花去香消树仍青青来表明自己志节不改，浩气长存。

清代初期诗风多样，其中能左右诗风，影响远播的诗人是钱谦益、吴伟业。钱谦益，在明末清初诗坛上有着非常重要的地位，他编有广罗明代诗歌的《列朝诗集》，并在《小传》部分通过对各家的褒贬、评论阐发自己的诗歌主张。

钱谦益不仅重视唐诗，也重视宋诗，由此开了清人宗宋的风气，成为明清诗歌变化的一大转折。他的诗将唐诗与宋诗的特点结合在一起，善于用典，富于辞藻，善于抒情，长于近体，具有鲜明的艺术特色。

钱谦益能以《后秋兴》13组124首诗与杜甫《秋

砚 也称"砚台"。用毛笔写字蘸墨的容器，文房四宝之一，最常见的砚台的制作材料是石材。来自广东端溪的端砚，来自安徽歙县的歙砚，来自甘肃南部的洮砚，来自河南洛阳的澄泥砚，这4种砚台被称为"中国四大名砚"。

兴八首》叶韵唱和，学杜甫而不拘泥，足证其艺术造诣之深。

吴伟业，早期的诗歌显得较为清丽，而在明末清初的社会大动荡中，他写的诗歌多以重大历史事件为背景，更多地关心具体个人在历史中的命运。

《圆圆曲》是吴伟业的歌行体诗，通过名妓陈圆圆与吴三桂的悲欢离合，描写吴三桂降清导致明代灭亡的重大历史事件，将风情万种的儿女私情与波谲云诡的重大政治事件结合在一起。

诗中对陈圆圆曲折坎坷的经历充满了同情。"恸哭六军俱缟素，冲冠一怒为红颜"，对吴三桂虽有婉曲的嘲讽，却又带有颇多的同情。像《圆圆曲》这样的诗，用七言歌行写成，兼具"初唐四杰"和白居易诗歌的神韵，深情婉转，韵味悠扬。

除《圆圆曲》外，吴伟业还写有《永和宫词》《琵琶行》《雁门尚书行》等七言歌行，一直被世人传诵。

在清代初期诗坛上，"南施北宋"也是有影响的诗人。"南施"，即施闰章。施闰章，对百姓的疾苦感触至深，诗中的诚挚同情溢于言表。

他还写有工于写景的诗。这些诗作自然流畅，绘声绘色，景象万千，颇具盛唐王维、孟浩然的风度。

"北宋"，即宋琬。宋琬一生坎坷，连遭大难，写下的诗歌多反映被逮捕、被关押的生平遭遇，其感慨时世和悲苦怨懑之词充斥诗篇。他五七

钱谦益画像

言古体篇幅严密，淳雅凝练，格调苍茫。

王士禛，在清代初期诗人中最著名，倡导"神韵说"，即在诗歌的艺术表现上追求一种空寂超逸、镜花水月、不着形迹的境界。王士禛遵从"神韵说"，他的诗追求淡远空灵、委婉蕴藉的风格。

王士禛早年的成名之作《秋柳》4首表现出意旨朦胧、情境悠远的特点，而《秦淮杂诗》20首更是得到人们的竞相传写。

■ 王士禛画像

清代中叶，诗坛涌现了很多著名诗人，其中成就和影响最大的为性灵派诗人，代表诗人为袁枚，此外，还有持"格调说"诗人沈德潜、持"肌理说"的诗人翁方纲。

袁枚诗主"性灵说"，"性"即性情、情感，"灵"即灵思、灵趣。他的4000余首古今体诗作，就努力体现了其性灵说的美学追求。

袁枚主张作诗要有真性情，要有个性和诗才。性情是诗的根本，性情以外本无诗；性情要表现出诗人独特的个性，作诗不可无我；诗人必须有才，"诗人无才，不能役典籍，运心灵"。

袁枚创作了许多真实动人、灵趣盎然、清新活泼

歌行体 "歌行"是我国古代诗歌的一种体裁，是初唐时期在汉魏六朝乐府诗的基础上建立起来的。"歌行体"为南代宋鲍照模拟和学习乐府，经过充分地消化吸收和熔铸创造，不仅得其风神气骨，自创格调，而且发展了七言诗，创造了以七言体为主的歌行体。

的性灵诗，不仅是当时诗坛的异军别派，也对近现代诗歌的新变产生了影响。他的旅游诗真率自然，清新灵动。此外，他还有大量的咏史诗。

沈德潜，他论诗标榜"格调说"。所谓"格"，指诗歌体制上的合乎规格；所谓"调"，指诗歌的声调音律。

沈德潜的"格调说"推崇唐诗，重视体制格调，决定了他在诗歌风格上尊崇雄豪壮阔的境界。他对"神韵说"提倡的清远冲淡的诗风很是不满，而对杜甫的"宏才卓识，盛气大力"给予高度称赞。

沈德潜认为在作诗的态度上，必须"一归于温柔敦厚""怨而不怒"；在作诗方法上，必须讲究比兴、"蕴蓄"，不能"发露"。

翁方纲，他论诗主"肌理说"，宗法宋诗，强调写诗重在读书，有学问，有方法。翁方纲的"肌理说"对矫正"神韵说"的虚渺、"格调说"的空套有一定的意义，但过分强调学问在创作中的作用，忽视作家的才情和活生生的生活，也使他的诗论没有大的成就。

阅读链接

王士禛之前，虽有许多人谈到过神韵，但还没有把它看成是诗歌创作的根本问题，而且在相当长的一段时期内，神韵的概念也没有固定的、明确的说法，只是大体上用来指和形似相对立的神似、气韵、风神一类内容。到王士禛，才把神韵作为诗歌创作的根本要求提出来。

王士禛早年编选过《神韵集》，有意识地提倡神韵说，不过关于神韵说的内涵，也不曾作过专门的论述，只是在许多关于诗文的片断评语中，表述了他的见解。

神韵为诗中最高境界，王士禛提倡神韵，自无可厚非。但并非只有空寂超逸，才有神韵。神韵并非诗之作品所独有，而为各品之好诗所共有。王士禛将神韵视为逸品所独具，是其偏失之处。

与时代同呼吸的清代后期诗歌

清代后期,社会状况复杂,经世致用的思潮波涛汹涌,新思潮的汹涌澎湃震荡着传统文坛,这一时期留下了众多揭露时弊和抒发忧国之情的诗篇,作为时代的纪录,有其特殊意义。这时期的代表诗人有林则徐、龚自珍、魏源、黄遵宪、康有为、梁启超等。

以虎门销烟而名垂史册的林则徐,并不以诗著称,但由于地位与经历的关系,他的诗作对了解鸦片战争前后的形势有重要的价值。他谪戍伊犁时所作《赴戍登程口占示家人》《出嘉峪关感赋》等,表达了忧念时事、以身许国的热情。

前一首中"苟利国家生死以,

林则徐画像

举人 原意是被荐举之人。汉代取士,无考试之法,朝廷令郡国守相荐举贤才,因以"举人"称所举之人。唐宋时期有进士科,凡应科目经有司贡举者,通谓之举人。至明清时期,则称乡试中试的人为举人,也称大会状、大春元。

岂因祸福避趋之",是他常吟诵的句子,从中可以感受到一个正直的政治家的心迹。

龚自珍,自幼接受了良好的传统文化教育,才思过人,胸怀远大。他27岁中举人,38岁中进士,曾任内阁中书、宗人府主事和礼部主事等官职。

龚自珍的诗文创作,是走向近代文学的新篇章,他的诗作,将抒情、政论和艺术形象有机地统一在一起,具有丰富的奇异想象和艺术形象,而且形式多样,风格多样,语言清新多彩,不拘一格。

龚自珍的《己亥杂诗·九州生气恃风雷》原是一首应道士请求而作的祭神诗,诗人借题发挥,以"我劝天公重抖擞,不拘一格降人才",大声疾呼让各种优秀人才脱颖而出,寄托了诗人对当时黑暗沉闷现实的强烈不满。

魏源,和龚自珍是好友。他是一位有见识的学者和思想家,曾受林则徐嘱托编纂叙述各国历史地理的《海国图志》,为中国放开眼界看世界的先驱者之一。书中提出"师夷长技以制夷",代表了那个时代进步的士大夫中

■ 龚自珍(1792年~1841年),字瑟人,号定盦,曾字尔玉,更名易简,字伯定,再更名为巩祚。生于清代浙江仁和,即浙江省杭州。清朝中后期著名思想家、文学家。他主张革除弊政,抵制外国侵略。所写《己亥杂诗》315首,是他一生中思想的精华,其诗瑰丽奇肆,被柳亚子誉为"三百年来第一流"。龚自珍诗现存700首左右,辑有《龚自珍全集》。

一种比较普遍的思想。

魏源的不少诗篇，如《江南吟十章》《寰海十章》及《后十章》《秋兴十章》等，都是议论时事、抒写感愤的政治诗。所表达的见解，主要是在坚持中国固有传统的前提下反对闭关自守、主张学习西方技术，具有历史价值。

同时，魏源的政治诗直叙胸臆，诗体也比较解放，不过诗中用典与议论偏多，有时直书其事，一定程度上削弱了诗的意象与美感。

■ 魏源画像

在普通的抒情诗篇中，魏源的山水诗很有名。他喜欢写雄壮奇伟的景象，《太室行》《钱塘观潮行》《天台石梁雨后观瀑歌》《湘江舟行》等均有此种特点，可以看出作者豪迈活跃的个性。

另外，魏源的咏史诗也颇为人称赏。《金陵怀古》之一中的两联：

> 只今雨雪千帆北，自古云涛万马东。
> 千载江山风月我，百年身世去来鸿。

姚燮，道光时举人。他写有很多关于鸦片战争时事和有关社会情况的诗篇，有"诗史"的特点。《哀

《海国图志》
清代晚期学者魏源受林则徐嘱托而编著的一部世界地理历史知识的综合性图书。全书详细叙述了世界舆地和各国历史政制、风土人情，主张学习西方的科学技术，是一部具有划时代意义的巨著。

江南诗五叠秋兴韵八章》之二，写陈化成之战死：

> 飓风卷纛七星斜，
> 白发元戎误岁华。
> 隘岸射潮无劲弩，
> 高天贯月有枯槎。
> 募军可按冯唐籍，
> 解阵空吹越石笳。
> 最惜吴淞春水弱，
> 晚红漂尽细林花。

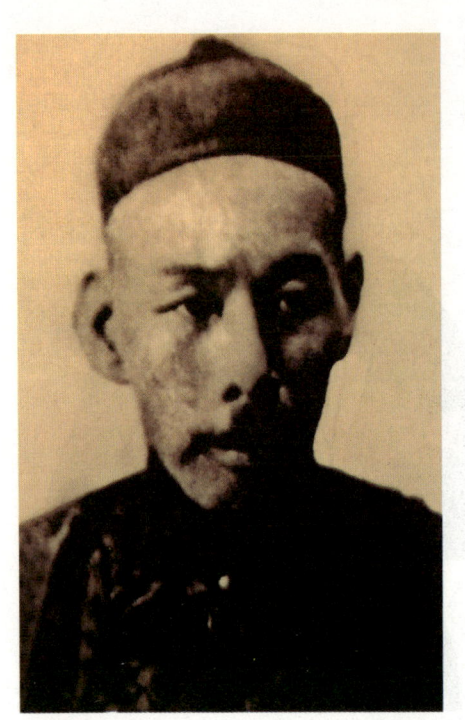

■ 黄遵宪像

这一时期诗人关涉时政的诗篇，无论歌颂还是讥讽，通常都写得比较夸张。这首诗从年老的陈化成无力支撑颓势落笔，流露了深深的哀痛和同情，也反映着作者对时局的感受，所以能够打动人。

黄遵宪，是诗界革命的旗帜，但是黄遵宪不以诗人自居，用他自己的话说是"余事作诗人"，但是他在诗歌创作方面有很高的成就。

黄遵宪在诗界革命中，不仅在理论方面对诗歌的革新进行了可贵的探讨，还创作了大量的新诗，成为诗界不折不扣的一面旗帜。他的诗歌有《人境庐诗草》《人境庐集外诗辑》等共1000多首。

黄遵宪的诗不受内容形式的限制，开辟了我国诗歌史上从未有过的广阔领域。

黄遵宪在创作上勇于推陈出新，既借鉴古人成

笳 古代北方民族的一种吹奏乐器，形制似笛，通常称"胡笳"。汉代传入中原，后在形制上有所变化，将芦叶制成的哨插入管中，遂成为管制的双簧乐器，是汉代鼓乐中的主要乐器。

果，又从民歌中吸取养分。他的诗歌形象鲜明，用典贴切，词汇丰富，才思敏捷，他的诗改变了唐宋时期以后诗歌创作沉迷于拟古的方法，更新了诗歌意象，开始了由旧体诗向新体诗的过渡。

康有为，是戊戌变法的发动者。康有为为人雄强自负，其诗亦气势不凡。如《登万里长城》之一：

>　　秦时楼堞汉家营，匹马高秋抚旧城。
>　　鞭石千峰上云汉，连天万里压幽并。
>　　东穷碧海群山立，西带黄河落日明。
>　　且勿却胡论功绩，英雄造事令人惊！

诗中景象宏伟，诗人自我的精神形象也异常高大。第三句把神人鞭石下海为秦始皇造石桥的传说改为鞭石上山，以表现英雄人物驱使一切的非凡力量。

梁启超，早年曾拜康有为为师，是戊戌变法的核心人物之一。梁启超学问博杂，笔力纵横，著作丰富，有《饮冰室合集》。他的诗作《太平洋遇雨》：

>　　一雨纵横亘二洲，
>　　浪淘天地入东流。
>　　却余人物淘难尽，
>　　又挟风雷作远游。

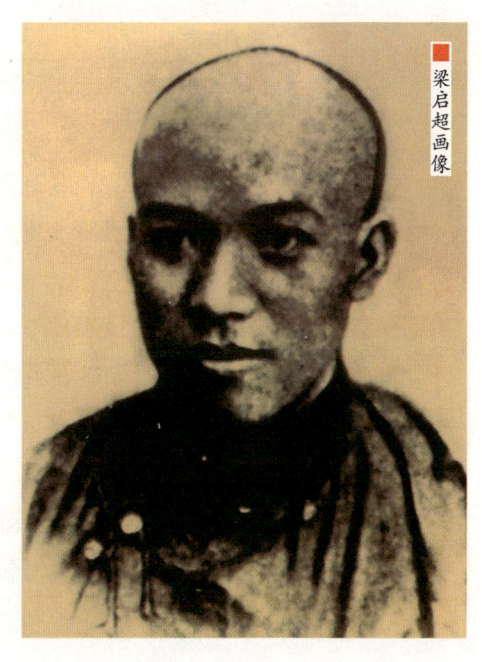

梁启超画像

这首诗作于梁启超于戊戌变法失败后亡命海外时，但诗中境界宏阔，意气飞扬，绝无沮丧之色。

梁启超提出了"诗界革命"的口号，力图把已有的诗歌变革推向深入，在《夏威夷游记》中，梁启超就"诗界革命"的方向提出要兼备三长：一为"新意境"。主要指诗的题材、内容方面要进入"新意境"；二为"新语句"；三为"以古人之风格入之"。

章炳麟，甲午战争后从事政治活动。章太炎精通文字学，好用古字，但一首《狱中赠邹容》却写得极为明快：

> 邹容吾小弟，被发下瀛洲。
> 快剪刀除辫，干牛肉做粮。
> 英雄一入狱，天地亦悲秋。
> 临命须掺手，乾坤只两头。

诗写得不甚讲究，但气度轩昂。后4句集中抒情，谓偌大乾坤，只两颗好头颅，写出豪杰气概。

阅读链接

"宋诗运动"是清代晚期重要诗歌派别之一。道光、咸丰时期，诗体也发生了变化，其方向是"宗宋"或"学宋"。所谓"宋"与"宋诗"，概指以苏轼、黄庭坚为主的宋人诗风。"学宋"大体上是提倡以学问补充性情之不足，以文法入诗，同时以宋诗的开拓精神去扩大表现范围。

"宋诗运动"这一诗派发展分3个时期：道光、咸丰之际为第一期，程恩泽等人首倡，何绍基、郑珍为重要人物；咸丰、同治之际为第二期，曾国藩为其首领；光绪、宣统至民初为第三期，"同光体"为其代表。